Buch

Kellyanne Williamson ist ein kleines Mädchen, das mit seiner Familie in Lightning Ridge lebt, einem Ort mitten im australischen Niemandsland. Kauzige Gestalten sind hier keine Seltenheit, schließlich muss man schon ein wenig verrückt sein, um wie Kellyannes Vater Tag für Tag in den nahen Opalminen sein Glück zu suchen. Auch Kellyanne gehört nach Überzeugung ihres Bruders Ashmol zu den Träumern im Dorf. Dabei ist sie eigentlich ein ganz normales Mädchen, nur ihre beiden Freunde Pobby und Dingan sind etwas sonderbar. Denn außer Kellyanne kann sie niemand sehen, da sie, wie Ashmol glaubt, nur Hirngespinste sind. Bis Kellyanne eines Tages die beiden Freunde vermisst und nun Tag und Nacht um deren Leben bangt. Als sie vor Kummer sogar krank wird, weiß sich ihr Bruder keinen anderen Rat, als den gesamten Ort zu einer Suchaktion aufzurufen. Aber auch das kann Kellyanne nicht trösten. Alle Bemühungen von Ashmol, seiner Schwester zu helfen, sind vergeblich, bis er begreift, dass Pobby und Dingan nur finden kann, wer an ihre Existenz glaubt …

Autor

Ben Rice ist in Devon/England geboren und aufgewachsen. Er hat an der Universität von Newcastle und am Wadham College in Oxford Literaturwissenschaft studiert. »Pobby und Dingan« ist sein erster Roman. Ben Rice lebt mit seiner Lebensgefährtin, einer Australierin, in London.

Ben Rice

Pobby und Dingan

Roman

Aus dem Englischen
von Giovanni und Ditte Bandini

GOLDMANN

Die Originalausgabe erschien 2000
unter dem Titel »Pobby and Dingan«
bei Jonathan Cape, London

Umwelthinweis:
Alle bedruckten Materialien dieses Taschenbuches
sind chlorfrei und umweltschonend.

Taschenbuchausgabe Dezember 2002

Umschlaggestaltung: Design Team München
unter Verwendung eines Motivs
von John Singer Sargent
Druck: Elsnerdruck, Berlin
Titelnummer: 45402
AB · Herstellung: Sebastian Strohmaier
Made in Germany
ISBN 3-442-45402-6
www.goldmann-verlag.de

1 3 5 7 9 10 8 6 4 2

Für Mollie

»Das Geheimnis der Farbe
des Opals liegt nicht in dessen *Substanz*,
sondern in dessen *Absenzen.*«

Australian Geographic 51,
Juli–September 1998

EINS

Kellyanne machte die Tür auf und kroch zu mir ins Schlafzimmer. Sie sah ganz verquollen und blass und unglücklich aus. Sie kam einfach so rein und sagte: »Ashmol! Pobby und Dingan sind *vielleicht*-tot.« Genauso sagte sie's.

»Gut«, sagte ich. »Vielleicht wirst du dann jetzt endlich mal erwachsen und hörst auf, dich wie eine Knalltüte aufzuführen.« Schon liefen ihr die Tränen übers Gesicht. Aber das ließ mich völlig kalt, und das wäre jedem anderen auch so gegangen, wenn er mit Pobby und Dingan aufgewachsen wäre.

»Pobby und Dingan sind nicht tot«, sagte ich und nahm noch einen Schluck aus meiner Dose Mello Yello. »Die haben überhaupt nie existiert. Was nie existiert hat, kann auch nicht tot sein. Klar?«

Kellyanne starrte mich durch die Tränen an, genauso wie damals, als ich Dingan die Tür vom Kombi vor der Nase zugeknallt hatte oder als ich da, wo Pobby angeblich grade saß, in die Luft geboxt und der Luft in den Hintern getreten hatte, um Kellyanne zu zeigen, dass Pobby nur so ein Hirngespinst von ihr war. Ich weiß nicht, wie oft ich mich schon abends an den Tisch gesetzt und gesagt hatte: »Ma, warum musst du immer für Pobby und Dingan mitdecken? Die sind doch nicht mal echt.« Essen stellte sie ihnen auch noch immer hin. Sie sagte, sie wären leiser und bräver als ich und hätten das verdient.

»Aber sehr gesprächig sind sie nicht gerade«, sagte ich dann immer.

Und bei anderen Gelegenheiten, wo Kellyanne behauptete, Pobby und Dingan wären wirklich, da saß ich einfach nur so da und sagte: »Sind sie nicht. Sind sie nicht. Sind sie nicht«, bis sie genug davon hatte, »sind sie doch. Sind sie doch. Sind sie doch« zu sagen, und schreiend wegrannte und sich die Ohren zuhielt.

Und oft hätte ich Pobby und Dingan liebend

gern den Hals umgedreht, das gebe ich ganz offen zu.

Wenn mein Dad von der Opalmine zurückkam, war er immer ganz eingestaubt, und sein Bart sah aus wie das Hinterteil von einem Hund, der sich den Schwanz vollgeschissen hat. Er sagte dann immer: »Ashmol, heute hab ich's gespürt! Morgen stoßen wir auf Opal, Sohn, und wir werden gottverdammte Millionäre! Ich spür's richtig, wie diese Schätzchen da in den Strecken sitzen und mich anstarren. Mich abchecken. Warten. Das sind Rot-auf-Schwarze, Ashmol, da geh ich jede Wette mit dir ein! Man munkelt, dass Lucky Jes einen Millionenklunker und einen versteinerten Mammutzahn mit Sonnenglanz darin rausgeholt hat. Wir sind nah dran, Junge. Ganz nah. Da in dem Boden steckt eindeutig was mit dem Namen Williamson drauf.«

»Echt?«

Seine Erregung steckte mich immer an. Ich bekam dann so ein Kribbeln im Genick und saß da wie ein Jagdhund, mit gespitzten Ohren und raushängender Zunge, und sah ihn an, wie ihm die

Augen im Kopf herumgeisterten. Das waren seltsame Augen – blaugrün mit einem Goldglitzern darin. »Augen wie Opale«, hatte meine Ma mal seufzend gesagt. »Nur ein bisschen leichter zu finden.«

Na ja, und während Dad dann auf dem Hof auf und ab ging und sich ein bisschen abstaubte und sich eine Flasche V.B. genehmigte, sagte Kellyanne: »Vorsicht, Dad! Beinahe wärst du mit deinen dicken Füßen auf Pobby draufgetreten! Pass auf, wo du langläufst!« Aber so aufgeregt, wie er war, konnte er nur sagen: »Hoppla, 'tschuldigung, Prinzessin. Bin ich auf deine Elfenfreunde draufgetreten?« Das war typisch Dad. Er und ich, wir hatten Pobby und Dingan nie für fünf Pfennig ernst genommen.

Aber es gab Leute, die taten das schon. Die älteren, etwas gefühlsduseligeren Leute von Lightning Ridge hatten richtig eine Schwäche für Pobby und Dingan entwickelt. Sie hatten irgendwann aufgehört, Kellyanne komische Blicke zuzuwerfen und sie wegen den beiden aufzuziehen. Wenn sie jetzt die Opal Street langging, blieben immer ein paar von ihnen stehen und riefen: »Tag, Kellyanne, Tag, Pobby, und wie geht's heute Miss Dingan?« Da konnte einem schon richtig schlecht werden. Wenn man mich fragte, war Lightning Ridge voll von durchgeknallten Irren. Als hätte die Sonne denen das Gehirn ausgebrannt. Dass wir uns verstehen: Wenn es um Opal ging, war ich genauso verrückt wie jeder hier, aber so bekloppt, mit Phantasiefreunden zu reden, war ich denn doch nicht, das steht mal fest. Aber einmal hat Ronnie Hope Kellyanne erlaubt, Dingan für die Wahl der Opalprinzessin anzumelden, weil sie selbst einen Schnupfen hatte. Im Ernst. Und die Jury hat Dingan auf den dritten Platz gewählt, und dann ist Nils O'Reiordan von der Zeitung gekommen und hat Kellyanne fotografiert, wie sie den Arm um Dingans unsichtbare Schulter legte, und hat so getan, als würde er Dingan Fragen stellen und alles. War richtig peinlich. Als die Zeitung rauskam, war da ein Bild von Kellyanne mit einer kleinen Silberkrone auf ihren langen blonden Haaren, und drunter stand: *Zwei Opalprinzessinnen – Kellyanne Williamson (acht) und ihre unsichtbare*

Freundin Dingan, die bei der diesjährigen Wahl der Opalprinzessin den dritten Preis gewonnen hat. Und jedes Mal, wenn wir in Khans Laden gingen, drückte Mrs. Schwartz meiner Schwester drei Lollis in die Hand und sagte: »Da, Kellyanne. Einen für dich, einen für Pobby und einen für Dingan. Den beiden scheint's ja richtig gut zu gehen.« In Lightning Ridge kannte jeder jeden. Und manche Leute kannten anscheinend sogar ein paar Niemande. Pobby und Dingan passten ausgezeichnet hierher.

»Heute was gefunden?«, fragte Ma eines Abends, wie sie von ihrer Arbeit als Kassiererin bei Khan's zurückkam und ich und Dad uns nach einem harten Nachmittag draußen auf dem Claim gerade ein bisschen erholten.

»*Potch*. Nichts Besonderes.«

»Nichts?«

Über Dads Schulter konnte ich draußen vor dem Fenster Kellyanne sehen. Sie saß hinten auf einem Haufen Steine und redete auf Pobby und Dingan ein: klappte den Mund auf und zu und fuchtelte mit den Händen rum, als erklärte sie ihnen irgendetwas. Aber tatsächlich waren die Einzigen, die ihr zuhörten, der Abendhimmel und ein paar Kakadus. Und wenn sie ehrlich gewesen wäre, dann hätte sie das auch zugegeben. Aber nicht Kellyanne.

»Wo ist mein kleines Mädchen?«, fragte Dad.

»Spielt draußen mit Freunden«, sagte meine Ma und sah meinem Dad stur zwischen die Augen.

»Pobby und Dingan?«

»Ja.«

Mein Dad seufzte. »Himmel! Das Mädchen hat wirklich nicht alle Tassen im Schrank«, sagte er.

»Hat sie doch«, sagte meine Ma. »Sie ist nur anders.«

»Sie ist eine Knalltüte«, sagte ich.

»Mir wär irgendwie wohler, wenn's richtige Freunde wären, Ma«, sagte Dad. »Sie scheint mit den anderen Kindern hier in der Gegend nicht gerade besonders gut auszukommen.«

»Was erwartest du denn?«, sagte meine Ma jetzt auf einmal lauter und stemmte die Hände in die

Hüften. »Was zum Teufel erwartest du eigentlich, wenn du deine Familie an einen Ort wie Lightning Ridge schleppst? Was zum Teufel erwartest du wohl, was passiert, wenn du ein intelligentes Mädchen wie Kellyanne an einem Ort voller Löcher und Verbrecher und Verrückter aufwachsen lässt?«

»Ich meine trotzdem, dass Kellyanne ein paar echte lebendige Freunde nicht schaden würden«, fuhr mein Dad fort, als würde er mit jemandem in seinem Bier reden.

Ma war davongestapft und hatte sich in die Küche verzogen. »Vielleicht *sind* sie echt!«, schrie sie zu ihm rüber, nachdem sie ein bisschen mit Geschirr rumgescheppert hatte. »Schon mal darüber nachgedacht, du phantasieloser Klotz?«

Mein Dad verzog das Gesicht. »Wer? Pobby und Dingan? Ha!« Er leerte seine Bierdose, stellte sie aufrecht auf den Boden und stampfte sie zu einer Blechscheibe platt. Dann zwinkerte er mir zu, als wollte er sagen: »Gleich kommt die nächste Angriffswelle, Ashmol!« Und sie kam.

»Zum Kuckuck, Rex! Das ist doch nicht zu fassen! Da hast du jetzt in zwei Jahren keinen einzigen Opal gefunden, nicht den kleinsten Krümel. Und trotzdem glaubst du an seine Existenz! Jeden Tag träumst du von dem großen Fund, du redest sogar im Schlaf davon wie ein Verliebter! Schön, was mich betrifft, existiert dein verdammter Opal *auch* nicht!«

Aber da hatte Ma Blödsinn geredet, denn die Läden waren voll von Opalen, und es gab überall Bilder von ihnen, und jeder redete über sie, und die japanischen Einkäufer zahlten ganze Koffer von Dollar für die Opale. Das ist Tatsache. Das habe ich mit eigenen Augen gesehen, drüben im »Hawk's Nest«.

Okay, nachdem meine Ma also diesen Quatsch über den Opal gesagt hatte und nachdem sie sich zum hundertsten Mal beschwert hatte von wegen, in der Dose unterm Bett wäre schon wieder kein Geld mehr, brummte Dad ein bisschen vor sich hin und kickte draußen auf dem Hof ein paar Steine durch die Gegend. Aber dann flog plötzlich die Tür auf, und er kam voller Energie hereingerauscht, wie ein nagelneuer Mensch, und mit einem komischen Lächeln im Gesicht. Und was tat er dann? Er fragte Kellyanne nach Pobby und Dingan und wie sie den Tag verbracht hätten und was sie morgen vorhätten. Und das hatte er in seinem ganzen Leben noch überhaupt nie getan, kein einziges Mal. Aber er redete mit einer Stimme, wo man nicht so richtig wusste, ob er Spaß machte oder nicht. Kellyanne sah ihm ganz aufmerksam ins Gesicht und versuchte aus ihm schlau zu werden. Und ich genauso. Und Ma genauso. Und dann fragte Dad Kellyanne, ob er Pobby und Dingan ein Bad einlaufen lassen durfte. Und er fragte, so ohne eine Miene zu verziehen und mit einer so überzeugenden Stimme, dass Kellyanne schließlich Ja sagte, das wäre in Ordnung, aber die beiden hinterher abtrocknen dürfte nur *sie*.

Ich sagte: »Dad, was zum Teufel soll das? Du weißt doch, dass dieser ganze Pobby-und-Dingan-Quatsch ein einziger Blödsinn ist! Sie wird ja *nie* damit aufhören, wenn du so redest!«

Und Dad guckte auf seine Füße runter und meinte: »Nein, Ashmol. Ich glaube, ich bin zu

Pobby und Dingan unfair gewesen. Ich glaube, es gibt sie *doch* wirklich! Ich hatte es nur irgendwie, na ja, bis jetzt nicht kapiert.« Er grinste und rieb sich die Hände und verschwand im Bad, um das Wasser einlaufen zu lassen, während Kellyanne mit stolzgeschwellter Brust dastand und mir von der Tür aus so selig entgegenlächelte, dass mir ganz schlecht wurde. Ich sah Ma an, aber sie hatte einen ganz zufriedenen Ausdruck im Gesicht und fing an, Tee und Kekse herzurichten. Ich saß am Tisch und kam mir so vor, als hätte mich jemand auf einer einsamen Insel ausgesetzt.

Also, ich denke da nicht gern daran, aber von dem Augenblick an wurde mein Dad ein richtiger Spinner. Wenn er jetzt morgens aufstand und Kellyanne für die Schule weckte, weckte er auch Pobby und Dingan auf. Jawohl, das tat er. Er fing an, mit ihnen zu reden, als wären sie richtige Menschen. Und er verplemperte auch haufenweise Geld, um ihnen Geburtstagsgeschenke zu kaufen – gutes Geld, das man in einen besseren Generator hätte stecken können, wenn man mich fragt. Ja, klar, es machte ihm auch irgendwie Spaß, das

Pobby-und-Dingan-Theater mitzuspielen. Einmal fuhr er sogar Kellyanne, Pobby und Dingan mit dem Kombi zum Bore Baths. Als ich mit meinem Handtuch auf den Schultern rausgerannt kam und mitwollte, rief mein Dad: »Tut mir Leid, Sohn. Kannst heute nicht mit, Ashmol. Jetzt, wo Pobby und Dingan dabei sind, wär's hier drinnen zu eng.« Er winkte aus dem Fenster, mit einem Grinsen von einem Ohr bis zum anderen, und fuhr los und kam sich wer weiß wie witzig vor. Manchmal sagte Ma, er sollte kommen und ihr beim Abwasch helfen. Aber nichts da! Dad half Pobby und Dingan gerade, sich anzuziehen oder ihre Hausaufgaben zu machen. Kellyanne fand das ganz toll. Aber Ma wurde ein bisschen komisch. Ich glaube, sie wusste selber nicht so richtig, ob sie sich ärgern oder darüber freuen sollte, dass Dad sich mit Pobby und Dingan angefreundet hatte. Ich glaube, sogar Kellyanne kam schon ziemlich bald der Verdacht, dass Dad das alles nur tat, um es Ma heimzuzahlen, dass sie ihn so runtergeputzt hatte, oder sonst was in der Art. Er war nicht gerade der Geschickteste in solchen Dingen, mein Dad. Erstens trank er zu viel und dann verbrachte er viel zu viel Zeit im Dunkeln unter der Erde.

ZWEI

Als Dad eines Morgens zum Claim aufbrach, bot er an, Pobby und Dingan mitzunehmen, damit sie ein bisschen Bewegung hätten, während Kellyanne in der Schule war. Wenn ich's mir jetzt so überlege, versuchte er damit wahrscheinlich, Kellyanne von den beiden zu trennen. Kellyannes Lehrer hatten sich nämlich beschwert, dass sie im Unterricht nicht aufpassen und ständig Selbstgespräche führen und die Luft umarmen würde. Also, ich muss schon zugeben, es war ein komischer Anblick, wie mein Dad mit zwei unsichtbaren Leuten links und rechts an der Hand aus dem Haus ging. Kellyanne behielt ihn im Auge und vergewisserte sich, dass er ihnen in die Fahrerkabine vom Kombi hochhalf, und dann ließ Dad den Motor an und winkte aus dem Fenster und tat so, als würde er Pobby und Dingan anschnallen.

»Keine Angst, Prinzessin!«, rief er. »Ich kümmere mich um die beiden, solange du in der Schule bist, und pass auf, dass sie keinen Unfug treiben. Stimmt doch, Pobby? Stimmt doch, Dingan?«

Langsam machte ich mir ein bisschen Sorgen. Mein Dad wurde allmählich zu einem richtigen Weichling. Und die Nachbarn redeten schon von wegen, er würde immer allein rumlaufen und Selbstgespräche führen und lauter so Sachen. Sie meinten, er wäre noch betrunkener als normal.

An dem Abend war Ma noch immer nicht von der Arbeit zurück und Dad hatte sich, sagen wir, ein paar Bierchen zu viel genehmigt. Er sang »Heartbreak Hotel« und führte dazu eine Art Elvistanz auf. Ich wusste, dass er vergessen hatte, Pobby und Dingan vom Claim wieder zurückzubringen, aber ich hielt schön den Mund. Ich wollte sehen, was Kellyanne dazu sagen würde, und so saß ich nur da und spielte mit meinem Gameboy mit seinen flachen Batterien und hoffte, dass Kellyanne gleich aus der Küche kommen und wütend werden würde. Dad setzte sich hin und fing an zu erzählen, er wäre zum Schlämmdamm rausgefahren und hätte ein bisschen gerührt. Er sagte, Old Sid der Miesmotz hätte keine zwanzig Meter von seinem, also Dads, Claim Spuren von Farbe gefunden.

Ich sagte: »Mach doch noch mal deinen Elvistanz, Dad, der ist echt cool.« Natürlich war der überhaupt nicht cool, aber ich wollte ihn davon abhalten, über seinen Arbeitstag nachzudenken. Er hätte sich noch im allerletzten Augenblick an Pobby und Dingan erinnern können. Zum Glück tat er das nicht, und Kellyanne kam aus der Küche gerannt, wo sie gerade versuchte, nach Mas Instruktionen Goldbarsche zu braten.

»Dad. Wo sind Pobby und Dingan? Wo sind sie?«, rief sie ganz besorgt.

»Jetzt bist du dran, Dad«, sagte ich. »Denk dir schleunigst was aus.«

Dads Gesicht leuchtete plötzlich in allen möglichen Farben auf. Er drehte sich um und verschüttete etwas Bier auf den Fußboden. »Hallo,

Prinzessin! Ganz ruhig, Schätzchen. Pobby und Dingan sitzen doch hier auf der Couch neben Ashmol.«

Kellyanne sah zur Couch herüber. »Tun sie nicht, Dad«, sagte sie. »Sie können Ashmol nicht ausstehen. Wo sind sie wirklich?«

»Ach nein, stimmt«, sagte mein Dad, »hatte ich völlig vergessen. Sie sind draußen hinterm Haus und gießen die Blumen.«

Kellyanne rannte hinaus. Als sie wieder reinkam, war sie ganz blass. »Dad, du hast Pobby und Dingan einfach vergessen, stimmt's? Du hast sie verloren, nicht?«

»Nein, Prinzessin«, sagte mein Dad. »Beruhige dich, Süße. Als ich zurückgefahren bin, saßen sie mit mir im Kombi.«

»Ich glaub dir nicht«, sagte Kellyanne, der jetzt langsam die Tränen aus den Augen liefen. »Du musst mich unbedingt zum Claim rausfahren, damit wir sie suchen, jetzt sofort!« Das war typisch meine Schwester! Sie war fuchtig wie eine aufgescheuchte Schlange.

»Herrgott, Kellyanne!«, sagte ich. »Hör doch

endlich mit dem Blödsinn auf, du bist doch kein Baby mehr.«

Dad guckte leicht verzweifelt. »Och, Prinzessin, jetzt komm schon. Ich sitze hier gerade so gemütlich mit einem Bierchen und unterhalte mich mit Ashmol. Bist du wirklich sicher, dass deine kleinen Freunde nicht da sind?«

»Absolut«, sagte Kellyanne und wischte sich die Augen am Ärmel.

Und so blieb Dad nichts anderes übrig, als mit Kellyanne zum Claim »Wyoming« rauszufahren, wo er seine Mine hatte.

»Du kommst auch mit, Ashmol«, sagte Dad.

»Nein, danke«, sagte ich und verschränkte die Arme vor der Brust. »Lass mich aus dem Spiel. Kommt nicht in die Tüte, dass Ashmol Williamson sich auf die Suche nach zwei kompletten Hirngespinsten macht.«

Aber am Ende bin ich dann doch mit und habe die ganze Zeit »Tsk-tsk« gemacht und den Kopf geschüttelt. Am Claim fingen die beiden an herumzulaufen und zu rufen. »Pobby! Dingan! Pooobbbyyy! Wo seid ihr?« Ich setzte mich auf einen Haufen Abraum und riss mir eine Dose Mello Yello auf. Ich wusste, was mein Dad dachte. Er dachte, dass es jetzt nur eine Frage von Minuten wäre, bis sich Kellyanne plötzlich einbilden würde, dass sie ihre Phantasiefreunde gefunden hatte, und übers ganze Gesicht strahlen würde wie ein Honigkuchenpferd. Aber denkste. Sie rief und rief und sah richtig besorgt aus. Sie rannte um die vier Ecken des Claims herum und hielt nach allen Seiten Ausschau. Pobby und Dingan wären nirgends zu sehen, sagte sie. Und wer wollte ihr da widersprechen? Dad bestimmt nicht. Und mich ging das Ganze einen feuchten Kehricht an.

Sie guckten hinter die Abraumhalden, und sie guckten in den alten Millard-Wohnwagen, wo wir während unserer ersten Zeit am Ridge gewohnt hatten, und sie guckten hinter die Bergbaumaschinen und hinter ein paar Eukalyptusbäume. Und ich möchte wetten, dass mein Dad die ganze Zeit dachte: »Ich muss völlig bescheuert sein. Wenn die anderen Digger mich jetzt sehen könnten!« Dad wusste nämlich verdammt gut, dass nur Kellyanne Pobby und Dingan finden konnte. Ihm würde nichts anderes übrig bleiben als zu warten, *bis* sie sie fand. Oder vielleicht hoffte er insgeheim, das Ganze sei eine Art Taktik von Kellyanne, um ihre Phantasiefreunde ein für alle Mal zu begraben. Jedenfalls warf er mir ständig verzweifelte Blicke zu und rief immer wieder:

»Komm schon, Ashmol, beweg dich auch mal und hilf uns, okay?« Aber ich bleib eisern, und so setzte sich Dad zu guter Letzt fix und fertig neben die Winde, wo der riesige Schlauch vom Gebläse wie eine Schlange aufgerollt lag, und rief nur noch: »Pobby! Dingan! Hört mal! Ihr beiden! Tut mir Leid, dass ich nicht richtig auf euch aufgepasst hab! Tut mir Leid, dass ich euch hier draußen sitzen gelassen hab! Ich hab ein paar Lollis in der Tasche, wenn ihr welche wollt!« Das war natürlich erstunken und erlogen. Dad hatte nie irgendwelche Lollis.

Na ja, die letzte Stunde, bevor es dunkel wurde, setzte mein Dad seinen Hintern doch noch ernsthaft in Bewegung und suchte wie ein verdammter Spürhund. Das musste man ihm lassen. Er kniete sich hin und krabbelte auf allen vieren durch den

Dreck. Er durchwühlte Haufen von Steinbrocken. Er guckte hinter Bäume, vor Bäume, Bäume rauf und Bäume runter. Er ging rüber aufs Nachbarclaim, das Old Sid dem Miesmotz gehörte. Hätt er nicht tun dürfen. Hat er aber. Er suchte wie ein Bekloppter, und der Schweiß lief ihm die Backen runter. So hart wie da hatte er, wette ich, nicht mal in der Grube je geackert. Und dabei muss man sich vorstellen, dass er nach gar nichts suchte. Null Komma nix. Quatsch mit Soße. Und dann kam's zu einem klassischen Fall von Zur-falschen-Zeit-am-falschen-Ort.

Old Sid, dem das Claim direkt neben dem von meinem Dad gehörte und der da draußen in einer Wellblechhütte wohnte, kam hinter einer Trauerweide rausgeschossen und stellte sich mit verschränkten Armen neben den Begrenzungspfahl an der Ecke unseres Claims. Er hatte einen dicken grauen Schnurrbart und trug so eine bescheuerte Wollmütze, die ihn noch fieser und dämlicher aussehen ließ, als er schon war. Und er war wirklich *ganz* schön dämlich. Dem Gerücht nach aß er zum Frühstück Kragenechsen auf Toast.

Old Sid guckte sich an, wie mein Dad sich auf allen vieren über den Rand von Old Sids Schacht beugte und rief: »Pobby und Dingan! Seid ihr da unten?« Sid wurde aus dem Ganzen nicht schlau. Er dachte, mein Dad wär dabei, verbotenerweise auf seinem Claim nach Opal zu suchen wie eine ganz miese Claim-Ratte. Er brüllte: »Hey! Du! Rex Williamson! Was zum Teufel treibst du auf meinem Claim?«

Mein Dad drehte sich erschrocken um. Er war total überrumpelt. Erst wurde er rot und ganz verlegen, und dann fing er an, irgendeine Geschichte zu erfinden von wegen, er würde nach seiner Armbanduhr suchen, aber mittendrin fing er dann an, etwas von einer entlaufenen Katze zu erzählen – und dann geriet er auch *dabei* ins Stottern, und so kniete er sich wieder hin und faselte jetzt was von einer Kontaktlinse, die ihm rausgefallen wäre. Es lief alles ein bisschen schief. Mein Dad war nicht besonders gut im Lügen.

»Hast du was getrunken, Rex?«

Ich marschierte zu Sid, um die Sache richtig zu stellen.

»Mein Dad hat rein gar nichts getrunken, Mr. Sid«, sagte ich. »Nämlich, meine Schwester hat zwei Phantasiefreunde, die Pobby und Dingan heißen, vielleicht haben Sie schon von denen gehört, und sie meint, mein Dad hätte sie hier auf dem Claim verloren. Und jetzt suchen wir hier nach den beiden. Klingt komisch, ich weiß, aber bitte schön, das ist die reine Wahrheit.«

Sid guckte total platt und ganz schön sauer aus der Wäsche. Er sagte: »Tisch du mir jetzt bloß keine faulen Ausreden auf, Ashmol Williamson! Du magst ein ganz Gescheiter sein, aber dein Daddy *war* dabei, sich auf meinem Claim Opal zu krallen, oder vielleicht nicht? Ein paar von uns Diggern haben ihn schon seit einer ganzen Weile in Verdacht. Aber jetzt haben wir den Beweis! Und du versuchst ihn nur irgendwie rauszupauken, oder vielleicht nicht?«

Mein Dad stolperte mit geballten Fäusten auf Old Sid zu. Er sagte: »Jetzt hör mir mal gut zu, Sid. Ich wollte mir keinen Opal krallen. Ich bin kein Dieb. Ich such nach den Phantasiefreunden von meiner Tochter, und ich würd dir verdammt empfehlen, mir das zu glauben, Kumpel!«

Aber Sid kaufte ihm das nicht ab. »Du kannst von unsichtbaren Freunden faseln, so viel du willst, Rex Williamson«, sagte er, »aber *ich* glaub, du bist nicht ganz koscher. Glauben 'ne Menge von uns. Ich hab dich schon bei der Bergwerksbehörde gemeldet, und wie ich dich heut Abend auf meinem Claim gesehen hab, wie du nach meinem Opal rumschnüffelst, hab ich als Allererstes die Polizei angefunkt, und bitte schön: Da kommt sie auch schon!«

Jetzt hörten wir prompt das Geräusch eines Automotors, und ein Polizeijeep mit Allradantrieb kam die sahnigrote Piste zu unserem Claim langgeholpert. Er blieb vor unserem alten Millard-Wohnwagen stehen, und zwei Polizisten stiegen aus. Schränke von Kerlen mit Hüten und Abzeichen und allem Drum und Dran. Mir wurde langsam etwas mulmig. Kellyanne suchte noch immer das Claim nach Pobby und Dingan ab, und Dad hatte angefangen rumzuschreien von wegen, wie es der alte Sid wagen konnte, ihn als Dieb und Claim-Ratte zu beschimpfen, und er hätte Gott weiß wie lange ehrlich gearbeitet und wär überhaupt immer ein ganz anständiger Kerl gewesen. Und dann erzählte ich einem der Polizisten einfach die Wahrheit über Pobby und Dingan und was mein Dad auf Old Sids Claim in Wirklichkeit gemacht hatte. Aber ich war noch nicht sehr weit gekommen, da hörte man Prügelgeräusche und ein Grunzen, und als ich mich umdrehte, sah ich, dass mein Dad die Geduld verloren und Old Sid eine auf die Nase gehauen hatte. Na ja, da haben sich die Polizisten wie der Blitz auf meinen Dad gestürzt und ihm Handschellen angelegt und alles. Kellyanne kam in Panik angerannt und rief: »Lasst meinen Dad in Ruhe! Lasst ihn in Ruhe!« Aber in null Komma nix haben sie Dad ins Auto verfrachtet, und weg waren sie. Und da setzte sich Kellyanne auf einen Haufen Abraum und heulte los, denn es war wohl ein bisschen zu viel für sie, an ein und demselben Nachmittag zwei Phantasiefreunde und einen wirklichen Dad zu verlieren.

Eine Weile wusste ich nicht weiter. Ich stand einfach nur so da und sah einem dieser Kugelbüsche zu, der in einem Hauch von Wind Purzelbäume über das Claim schlug. Und ich dachte über meinen Dad nach und in was für einen Schlamassel er sich reinmanövriert hatte. Und dann sagte ich: »Komm, Kellyanne, wir sollten lieber heimgehen. Pobby und Dingan kommen heute Abend bestimmt von selbst zurück, und mit Dad geht schon alles in Ordnung, sobald das Ganze geklärt ist und die Polizisten kapiert haben, was er auf Sids Grundstück wollte. Los, wir laufen zurück und erzählen Ma alles und bringen die ganze Sache hinter uns.«

Aber Kellyanne machte weiter ihr besorgtes Gesicht. Sie lief rüber zum Schacht und stieg über das Band, das rings um das Loch gespannt war, damit keiner reinfiel oder einstieg. Auf allen vieren spähte sie über den Rand und rief Pobbys und Dingans Namen in den Schacht. Natürlich kam keine Antwort. Eine halbe Stunde lang blieb sie so hocken und starrte in den Schacht runter.

»Das sieht ihnen nicht ähnlich«, sagte sie. »Das sieht ihnen *gar* nicht ähnlich.«

Während Kellyanne mit Rufen und Warten beschäftigt war, schlenderte ich rüber zu Old Sid dem Miesmotz, der noch immer ganz wässrige

Augen vor Schmerz hatte und kreuz und quer durch sein Claim tigerte, um nachzugucken, ob auch bestimmt nichts von seiner Opalerde weggekommen war. Ich sagte: »Da haben Sie einen gewaltigen Bock geschossen, Mr. Sid. Wir haben nur nach den Phantasiefreunden meiner Schwester gesucht. Wir sind keine Claim-Ratten.«

Old Sid spuckte auf den Boden und sagte was von wegen, wir sollten uns allesamt den Kopf untersuchen lassen, und meine arme Mutter wäre einfach zu englisch für so einen Ort, das wäre hier nichts für *Pommies*, und wie Leid es ihm wegen uns täte, dass unser Dad eine Claim-Ratte wäre und dass allgemein gemunkelt würde, mein Dad wäre überhaupt nur deswegen zum Ridge gekommen, um sich vor der Polizei zu verstecken. Und da wurde ich so wütend, dass ich ihn einfach stehen ließ, Kellyanne am Arm hochzog und sie nach Hause schleifte. Wir brauchten anderthalb Stunden, und den ganzen Weg lang jammerte Kellyanne, sie hätte Pobby und Dingan verloren, und sie würde weder schlafen noch essen können, bis sie sie wieder fand, und wenn sie in dem Moment da gewesen wären, hätten sie Dad retten können, und das Ganze wäre gar nicht passiert. Ihr bekümmertes kleines Gesicht war mit weißem Staub bedeckt, sodass sie wie ein Kindergespenst aussah.

Als wir endlich zu Haus ankamen, war es schon dunkel. Meine Ma hatte von der Polizei schon gehört, was passiert war, und sie schickte uns ins Bett und sagte, wir sollten uns keine Sorgen machen, weil sich alles bald geklärt haben würde. Aber ich hatte sie in ihrem ganzen Leben noch nie so wütend und ängstlich und durcheinander gesehen. Und ihre Schlafzimmerlampe blieb die ganze Nacht an, mein Wort drauf.

Und es war also in dieser Nacht gegen zwölf, dass Kellyanne durch die Dodge-Tür, die Dad mir eingebaut hatte, damit das Insbettgehen weniger langweilig wäre, zu mir ins Schlafzimmer kroch. Und meine Schwester guckte mich ganz blass und verschwiemelt an und sagte: »Ashmol, Pobby und Dingan sind *vielleicht*-tot.« Und dann blieb sie einfach so da sitzen in ihrem Pyjama, ganz verheult und traurig. Aber ich war mit meinen Gedanken halb woanders, bei Dad, und überlegte, ob er wohl im Gefängnis saß, und dass an der ganzen Sache einzig und allein Pobby und Dingan schuld waren. Und dann versuchte ich dahinter zu kommen, wie es ihre Schuld sein konnte, wo es sie doch gar nicht gab.

Und beim Nachdenken darüber schlief ich ein.

DREI

Als ich am nächsten Tag aufwachte, erzählte mir Ma, Dad wäre über Nacht im Gefängnis gewesen, aber jetzt würden sie ihn entlassen und wieder nach Hause schicken, bis es eine Verhandlung geben würde oder sonst was, um zu beweisen, dass Dad *nicht* auf Old Sids Claim nach Opal gesucht hatte. Trotzdem war Ma ganz schön zappelig vor Sorge, und sie meinte, Dad würde sich ab jetzt unauffällig verhalten müssen, und er solle eine Zeit lang nicht aus dem Haus gehen, bis Gras über die Sache gewachsen wäre und er wieder die Achtung der Digger zurückgewonnen hätte und all so Zeugs. Eine Claim-Ratte ist nämlich in Lightning Ridge das Gleiche wie ein Mörder – nur ein bisschen schlimmer.

Wir warteten darauf, dass er heimkam, und spielten Schach, um die Zeit rumzubringen und uns gegenseitig zu beruhigen. Ich setzte Ma in fünfzehn Zügen matt. Niemand schlägt mich im Schach, und ich schätze, eines Tages werde ich ein echter Großmeister oder so was. Entweder das oder ein Geheimagent wie James Blond. Aber ich muss zugeben, dass Ma diesmal nicht richtig bei der Sache war, sodass meine Läufer und Springer ziemlich leichtes Spiel hatten. Das Problem war, dass Ma ständig mit einem leicht glasigen Blick aus dem Fenster starrte, und ich war mir ziemlich sicher, dass sie nicht nur an Dad dachte, sondern auch mal wieder *Pommie*-weh hatte und an Oma *Pom* und all die *Pommie*-Freunde dachte, die sie vor so vielen Jahren in England zurückgelassen hatte.

Wie auch immer, als Dad dann endlich am späten Nachmittag heimkam, umarmte er uns alle und meinte, das Gefängnis wäre schon okay und ein bisschen wie ein Motel, nur dass die Betten hart wären und die Gardinen ein wenig zu schwedisch für seinen Geschmack. Und wir sollten uns keine Sorgen machen, weil er diesen ganzen Schlamassel schon wieder tadellos ausbügeln würde. Nur wie, wüsste er nicht so recht. Und Ma sagte, er sollte lieber nicht versuchen, irgendwas auszubügeln, sondern einfach nur den Kopf unten halten und bis zur Verhandlung jedem Ärger aus dem Weg gehen und lauter solche Ratschläge. Und dann fragte mich mein Dad, ob Pobby und Dingan inzwischen zurück wären. Ich schüttelte den Kopf. »Kellyanne meint, sie sind *vielleicht*-tot«, sagte ich.

»Sie ist noch immer ganz unruhig«, sagte meine Ma. »Sie schmollt schon den ganzen Tag. Du hättest nicht so unachtsam sein dürfen, Rex, also wirklich.«

»Ich hätte einen Haufen Dinge nicht tun dürfen«, sagte mein Dad mit einem langen Seufzer. Aber er war froh, wieder zu Haus zu sein. Und ich glaube, er freute sich sogar, dass sich irgendwie alles um ihn drehte. Ich holte ihm sogar eine Flasche V. B. aus dem Kühlschrank, und dann musste er mir alles über das Gefängnis erzählen. Und dann redeten wir den Rest des Tages über Opal, bis es dunkel wurde und bis wir plötzlich einen fürchterlichen Schrei hörten und Ma vom Flur reingerannt kam und sagte: »Ach Herrgott! Mein Gott! Hilfe! Holt Wasser! Holt schnell Wasser!« Sie rannte in die Küche und fing an, einen Eimer an der Spüle zu füllen.

Wir stürzten aus dem Haus, und das Erste, was ich mitkriegte, war ein rauchiger Geruch wie von einer Zigarre. Und dann sah ich im Dunkeln auch seltsame graue Gestalten, die sich eindrucksvoll in den Himmel schraubten. Sah aus, als würden sie tanzen. Aber mein Dad flüsterte: »Himmel! Die haben unseren Zaun angezündet!« Und da hab ich erst gemerkt, dass diese Gestalten in Wirklichkeit Rauchschwaden waren, und ein paar Zaunlatten standen oben tatsächlich in Flammen. Das Licht des Feuers hüpfte auf den Mauern unseres Häuschens, und man sah riesige dunkle Striche wie Zebrastreifen. Das waren Buchstaben, mit einer Sprühdose oder so was draufgesprüht, und da stand:

VERBRENNT DIE CLAIM-RATTEN

Ma kippte ihren Eimer Wasser über den Zaunpfahl, während ich ins Haus rannte, um neues Wasser zu holen, und Dad bloß dastand und auf die Wörter an der Wand neben dem Wohnzimmerfenster glotzte. Als ich wieder rauskam, stand er immer noch mit starrem Blick da, eine Hand im Nacken, und sagte keinen Ton. Und dann verschwand er hinterm Haus, um Farbe zu holen. Als die Flammen ausgegangen waren, ging ich zu Kellyanne ins Zimmer und erzählte ihr, was passiert war. Aber sie zog sich bloß die Decke über den Kopf und sagte nichts.

VIER

Ungefähr um diese Zeit wurde Kellyanne dann langsam richtig krank. Ich kann's nicht erklären, und das konnte auch niemand sonst. Sie lag einfach im Bett und sagte, sie wär sehr müde und würde sich große Sorgen machen, weil Pobby und Dingan nicht zurückgekommen wären, und weil sie nicht wüsste, ob sie tot wären oder nicht. Es könne durchaus sein, dass sie noch immer auf den Opalfeldern herumirrten, ganz verängstigt und verlassen, und es gäbe da doch Wildschweine und Schlangen und alle möglichen wilden Tiere. Schon vom bloßen Gedanken daran würde ihr ganz übel. Also, Pobby und Dingan hatten schon für genügend Ärger gesorgt, herzlichen Dank auch, und ich war verdammt sauer auf sie.

Ganz schön verdammt sauer darüber, dass sie Schande über unseren guten Namen gebracht hatten. Und ich dachte anfangs, Kellyanne würde nur Theater spielen und nur so tun, als wäre sie krank, genauso wie sie so tat, als hätte sie Freunde. Aber dann hörte ich, wie sie sich im Klo übergab. Sie *war* krank. Sie war's wirklich.

Sie weigerte sich zu essen. Ma rief Jack den Quacksalber, und er kam und setzte sich auf Kellyannes Bett und fummelte ein wenig mit dem Stethoskop herum. Er erklärte meiner Ma, dass Kellyanne an einer Nervenkrankheit oder einer Depression leide und Fieber habe. Er redete Kellyanne zu, sie solle doch wenigstens eine Kleinigkeit essen. Aber sie weigerte sich. Er erklärte ihr, wenn sie so weitermachte, würde er sie mit ins Krankenhaus nehmen und sie durch irgendwelche ekelhaften Schläuche zwangsernähren müssen. Ich erzählte Jack alles, was mit Pobby und Dingan passiert war, aber er lächelte bloß und runzelte die Stirn und lächelte wieder und redete dann ausgiebig was von »Syndrom« und »klinisch« und »psychisch«. Also, ich wusste zwar nicht, was diese

Wörter bedeuten sollten, aber klingen taten sie für meine Begriffe ganz schön nutzlos.

Bevor er ging, saß Jack der Quack noch eine Weile bei uns rum und redete mit meinem Dad über seinen neuen Presslufthammer. Er erzählte ihm, er hätte von der Schlägerei draußen auf dem Claim gehört, und er stünde voll auf Dads Seite und glaubte kein Wort von den ganzen Gerüchten, die sich in Lightning Ridge wie ein Buschfeuer ausbreiteten. Aber in seiner ganzen Art wirkte Jack der Quack irgendwie komisch. Irgendwie zappelig. Und als er meinte, Kellyanne wäre im Krankenhaus besser aufgehoben, hatte ich den Verdacht, er sagte das nur, weil er nicht so ganz glaubte, dass meine Eltern sich richtig um sie kümmern würden. Außerdem, als Ma ihm sagte, er solle doch zum Abendessen bleiben, kam er mit irgendwelchen Ausflüchten, er müsste zur Line-Dance-Probe, und spritzte davon wie ein aufgescheuchter Leguan.

Mein Dad wurde allmählich selber blass um die Nase. Er sagte: »Niemals kommt mir meine Prinzessin in so ein verdammtes Krankenhaus!« Immer wieder von vorn. Und: »Wir Williamsons können prima aufeinander aufpassen. Wir brauchen keine Almosen oder Hilfe, von keinem!« Mitten in der Nacht tigerte er auf und ab und schüttelte dabei dauernd den Kopf und sagte: »Du hast Recht, Ma. Das ist alles meine Schuld. Vielleicht hätten wir gar nicht erst nach Lightning Ridge kommen dürfen. Sie ist ein sensibles Mädchen. Zu zart für diesen Ort. In der Schule wird sie ständig schikaniert, oder?« Das war typisch mein Dad. Er wurde total gefühlsduselig und riss eine Dose V. B. nach der anderen auf. Und dann fing er an zu heulen. Es war so, als ob ihm das Bier zum Mund rein- und aus den Augen wieder rauslief.

Na ja, Ma und Dad trauten sich nicht, Kellyanne zu bitten, sie solle ein für alle Mal damit aufhören, oder ihr klipp und klar zu sagen, dass Pobby und Dingan nur in ihrer Einbildung existierten und sie den verdammten Quatsch endlich abstellen sollte. Das hatten sie nämlich schon mal probiert, und Kellyanne war ein kleines bisschen durchgedreht und hatte angefangen, so laut zu kreischen, dass die ganze Stadt gemeint hatte, es wären französische Atomraketen im Anflug. Sie waren nicht so verrückt, meiner Schwester zu erzählen, dass sie sich wie ein Blödmann aufführte. Kellyanne kam mit solcher Kritik und so Kram nicht übermäßig gut klar.

Und so lag Kellyanne jetzt einfach im Bett. Sie schlief oder wimmerte einfach so vor sich hin. Sie wurde so dünn, dass es so aussah, als würde unter dem Laken überhaupt keiner liegen.

Also mich machte das Ganze langsam ganz schön fertig, und jeden Tag kroch ich durch die Autotür und kletterte in meine Koje und dachte nach. Ich dachte mir, jetzt ging alles den Bach runter, weil wir allesamt am Durchdrehen waren. Pobby und Dingan waren dabei, meine Familie kaputtzumachen, und dabei waren sie nicht mal *da*. Sie waren nicht mal *sonst wo*. Und auch wenn ich meinte, dass meine Schwester einen Knall hatte, war es schlimm, sie so zu sehen und zu hören, wie sie sich im Klo übergab. Und ich wollte, dass mein Dad wieder gute Laune hatte und wieder graben ging, und ich wollte, dass meine Mutter aufhörte, sich Sorgen zu machen und Heimweh zu haben, und ich wollte, dass der Name Williamson strahlte und funkelte und blitzsauber wäre.

Und ich wusste verdammt gut, dass die Lösung all dieser Probleme bei Pobby und Dingan lag, und nirgendwo sonst.

Und dann kam mir *noch* ein Gedanke. Ich gab's nicht gerne zu, aber ich hatte den Eindruck, dass die einzige Möglichkeit, Kellyanne wieder gesund zu kriegen, darin bestand, Pobby und Dingan zu finden. Aber wie sucht man Phantasiefreunde? Ich blieb die ganze Nacht wach und verrenkte mir das Hirn. Ich dachte mir, der erste Schritt wäre wohl, so viele Leute wie möglich dazu zu bringen, nach den beiden zu suchen – oder wenigstens so zu tun, als ob sie suchten –, damit Kellyanne merkte, dass sie den Leuten nicht egal war, dass die Leute an ihre Phantasiefreunde glaubten und ihr helfen wollten. Nämlich, ich hatte mich erinnert, dass Kellyanne sich früher immer am meisten gefreut hatte, wenn jemand sich nach Pobby und Dingan erkundigte. Normalerweise war dann so ein Lächeln in ihrem Gesicht gewesen. Und ich dachte mir, wenn wahnsinnig viele Leute sich nach den beiden erkundigten, dann würde sie schnell wieder gesund werden. Ich wusste auch verdammt gut, dass es eine ganze Reihe Leute im Ort gab, die einen richtigen Narren an Kellyanne gefressen hatten, auch wenn sie sich nicht so sicher waren, was sie von uns anderen Williamsons halten sollten. Und es gab ein paar, die fast an Pobby und Dingan glaubten oder zumindest echt nett und verständnisvoll über sie redeten. Und ich hatte so das Gefühl, dass wenn diese Leute an Phantasiefreunde und den ganzen Blödsinn glaubten, oder wenn sie kapierten, wie echt diese Freunde für Kellyanne waren, dass sie dann auch daran glauben würden, dass mein Dad draußen an der Mine *wirklich* nach den beiden gesucht hatte und nicht nach Opal auf Old Sids Claim.

Irgendwie schienen die beiden Probleme zusammenzuhängen.

Also habe ich Folgendes getan. Am nächsten Tag lief ich durch den ganzen Ort, ging in alle Läden und erzählte jedem, warum Kellyanne krank war. Ich ging ins »Wild Dingo« und sogar ins »Digger's Rest«, wo die härtesten Digger trinken. Ich sagte: »Wie geht's, ich bin Ashmol Williamson und ich bin hier, um Ihnen zu sagen, dass mein Dad keine Claim-Ratte ist und dass meine Schwester krank ist, weil sie ihre Phantasiefreunde verloren hat.« Na ja, da war erst mal Stille, und dann kam einer dieser Digger auf mich zu, packte mich beim Kragen und hob mich hoch, bis meine Füße in der Luft baumelten. Er zog mich so nah an sich ran, dass ich seinen stinkigen Atem riechen konnte, und sagte: »Hör gut zu, du Knirps, du läufst jetzt schön nach Hause und erklärst deinem Daddy, wenn er sich je wieder hier drin blicken lässt, ist *er* der Phantasiefreund. Kapiert? *In-exis-tent!* Klar? *Mausetot!*« Also ich war gerade kurz davor, mir in die Hose zu machen, wie ein paar von den anderen Diggern rüberkamen und zu dem Mann sagten: »Lass den Jungen runter, Kumpel. Rex Williamson ist ein Freund von mir, und seine Kinder sind gute Kids.« Na, und da hat der Kerl mich auf den Boden fallen lassen und zu den anderen gesagt: »Passt lieber auf, was für Freunde ihr euch aussucht!«, und dann ist er raus. Die Digger haben mich wieder auf die Beine gestellt, mir den Staub abgeklopft und gefragt, ob alles in Ordnung wäre. Ich sagte ja, aber ich würde mir wegen meiner Schwester Kellyanne ein bisschen Sorgen machen, weil sie eben wirklich krank wäre und vielleicht ins Krankenhaus müsste, und dass ich jetzt versuchen würde, den Namen meines Dads wieder reinzuwaschen, bis er in großen goldenen Buchstaben leuchtete.

Ich hatte echt was zu tun an dem Tag. Ich ging zum Bowling Club, um es den Leuten an den Münzautomaten zu erzählen, und auch zum Wallangalla Motel, wo gerade eine Line-Dance-Probe lief. War ein Bild für die Götter. Ich versuchte, zu den einzelnen Leuten auf die Tanzfläche zu gehen und sie dazu zu bringen, dass sie stehen bleiben und mir zuhörten, aber sie waren zu sehr damit beschäftigt, ihre Bewegungen zur Musik zu machen, und ich blieb ständig an irgendwelchen Armen hängen. Am Ende habe ich mir einfach bei dem Mann, der die Kassettendecks bediente, das Mikro gegriffen und gebrüllt: »Ladys und Gents! Tut mir Leid, Ihren Tanz zu unterbrechen, aber mein Name ist Ashmol Williamson, und meine Schwester ist krank, und wir müssen ihr morgen helfen, ihre Phantasiefreunde wieder zu finden!« Das Mikro gab diesen hohen Kreischton von sich, als würde es das alles nicht besonders toll finden, was ich gerade gesagt hatte, und dann hörten alle, insgesamt so um die fünfzig Leute, auf zu tanzen und drehten sich gleichzeitig um und sahen mich an. Da war erst mal Stille und dann hörte ich einzelne Leute den Namen meines Dads murmeln und sich gegenseitig das Wort »Claim-Ratte« zuflüstern, und dann guckten mich ein paar von ihnen böse an, und ich wusste schlagartig, was für ein Gefühl das ist, eine lästige Mücke zu sein. Na ja, ich hustete ins Mikrofon und erklärte mit zittriger Stimme die ganze Angelegenheit mit meiner Schwester und Pobby und Dingan und wieso mein Dad auf Old Sids Claim in Schwierigkeiten geraten war. Und ich erzählte ihnen, Pobby und Dingan hätten nichts lieber gemacht als Line-Dancing, und wenn wir sie nicht ausfindig machten, würden sie es vielleicht nie wieder tun können. Und dann gingen mir plötzlich die Themen aus, und ich fühlte mich ein bisschen komisch vor all den Leuten, die da aufgereiht standen und mich anstarrten, also legte ich einfach das Mikro wieder hin und flitzte raus und stieg auf meinen Chopper und strampelte mit Puddingbeinen davon.

Ich klapperte so ziemlich die ganze Stadt ab. Ich fuhr zum Autofriedhof und redete mit Ronnie, der mich von damals, wo er mir die coole Tür vom Dodge geschenkt hatte, wieder erkannte. Ich fuhr raus zu den Camps beim »Old Chum« und »Vertical Bill's« und dem »Two Mile«. Und manche Leute flüsterten untereinander über Dad und andere nicht. Und manche meinten, ich wäre übergeschnappt. Und manche waren sowieso selber übergeschnappt, und da spielte es gar keine Rolle. Ich fuhr sogar raus zum »Big Opal« und erzählte es allen Touristen. Sie tätschelten mir den Kopf und lächelten und flüsterten untereinander in komischen Sprachen. Ein breiter Amerikaner filmte mich mit seiner Videokamera und meinte, ich solle was Hübsches reinsprechen, damit er es dann seinen Freunden zu Haus vorführen könnte. Aber als es dann so weit war, habe ich gar nichts rausgebracht, und nach Lächeln war mir auch nicht besonders. Also hab ich ihm meine James-Blond-Nullnullsieben-Imitation gezeigt, wo ich mich knallhart umdrehe und einen Schuss abfeuere, so wie auf dem Video, das mein Freund Brent von seinen Eltern geschenkt gekriegt hat, nachdem sie draußen auf dem »Three Mile« auf Opal gestoßen waren. Und ich erzählte diesem Touristen, dass ich später, wenn ich einmal groß wäre, vielleicht eine James-Blond-Pistole und alles haben würde. Aber dann wurde mir klar, dass ich meine Zeit verplemperte und Kellyanne krank war und die Leute meinen Dad einen Ratter nannten, aber dass das diesen ganzen Touristen sowieso komplett egal war.

Ich fuhr zum Gemeindezentrum, wo ein paar von den schwarzen Kids mit ihrer Lehrerin gerade einen traditionellen Korrobodingsbums-Tanz übten, in so komischer Kluft und mit Didgeridoos und Trommeln. Ich blieb eine Zeit lang da stehen und sah ihnen zu und lachte mich kaputt, weil sie so bescheuert aussahen. Und dann rannte einer von ihnen mit einem Speer auf mich zu und sagte, wenn ich nicht schleunigst abhaute, würde er mir das Ding in den Hintern rammen. Aber die Lehrerin hielt ihn auf und trötete auf ihrem Didgeridoo und sagte ihm, er sollte den Mund halten und mit seinem Jagdtanz weitermachen. Aber bevor sie lostanzten, schaffte ich es noch, ein paar Worte loszuwerden, nämlich wie schlecht es Kellyanne ging, und ich fragte sie auch, ob sie nicht morgen irgendwann im Laufe des Tages vielleicht einen Tanz aufführen könnten, um Pobby und Dingan herbeizubeschwören. Und die Lehrerin meinte, sie würden sich das bestimmt durch den Kopf gehen lassen, wenn sie Zeit hätten, und dann hielt sie mir so eine Predigt von wegen, ihre Ahnen hätten geglaubt, dass Opale gefährlich wären und voller böser Geister und dass meine Familie jetzt vielleicht den Preis dafür zahlte, dass sie sie anbeten und grässliche Löcher in das herrliche Land der Aborigines bohrten.

Na ja, ich hatte keine Lust, mir diesen ganzen gottverdammten Unfug, wie mein Dad das immer nannte, noch weiter anzuhören, also bin ich rausgeflitzt und mit meinem rostigen alten Chopper-Bike die ungeteerten Straßen langgeradelt und habe noch ein paar hundert weitere Camps abgegrast und den Leuten von Kellyanne erzählt und dass sie krank war, weil sie ihre Phantasiefreunde verloren hatte. Es war ein heißer Tag und eine ganz schöne Plackerei, und deswegen sorgte ich dafür, dass ich immer genügend Mello Yello im Tank hatte, damit mein Mund von der dauernden Erklärerei nicht austrocknete. Wenn ich den Leuten erzählte, was meiner Schwester passiert war, guckten mich manche an, als wäre ich völlig durchgedreht. Aber eine ganze Menge hatte auch schon von Pobby und Dingan gehört, weil sie Kinder hatten, die in dieselbe Schule gingen wie Kellyanne, drüben in Walgett, und die hatten sie gesehen, wie sie sich im alten Schulbus immer mit den beiden unterhielt. In der Wohnwagensiedlung kam ein älteres Mädchen auf mich zu und sagte: »Bist du Kellyanne Williamsons Bruder? Meine Ma sagt, ihr Williamsons seid ein dummes Pack und dein Dad ist ein versoffener Opaldieb, also machst du jetzt besser die Biege, sonst hau ich dir eine rein, wie ich damals im Bore Baths deiner Schwester eine reingehauen habe.« Ich zeigte ihr den Stinkefinger und machte, dass ich wegkam, weil sie mir ein paar Nummern zu groß war. Aber sie rief mir hinterher: »Die einzigen Freunde, die ihr Williamsons habt, sind erfundene! Dass du das nicht vergisst, Ashmol Williamson!«

Aber manche Leute waren echt nett. In einem der Camps gab mir eine Frau ein Mello Yello und ein Stück Kuchen und fragte mich, wie es meiner Ma im Supermarkt denn so gefallen würde. Und sie meinte: »Je eher sie deine hübsche kleine Schwester ins Krankenhaus bringen, desto besser.« Ich antwortete: »Schon. Aber die Sache ist nicht so einfach, Mrs. Wallace. Weil Kellyanne nämlich krank-vor-Sorge krank ist; sie ist nicht krankenhauskrank.« Ich lernte auch so einen Jungen kennen, der genauso viel über Pobby und Dingan wusste wie ich. Er sagte, Kellyanne würde er nicht besonders mögen, aber Pobby und Dingan wären seiner Meinung nach ganz in Ordnung. Er sagte, er hätte einen viel besseren Phantasiefreund als Kellyanne. Das war ein großes grünes Ninjaschnabeltier namens Eric. Reden täte er mit ihm aber nicht.

Ein blinzelnder verrückter Opa mit einem Papagei ließ mich in den kaputten Straßenbahnwagen rein, wo er wohnte, und erzählte mir, er hätte einmal beim Ziegenrennen gehört, wie Kellyanne sich mit Pobby und Dingan unterhalten hätte. Sie hätte mit drei Lollis in der Hand auf der Morilla Street gestanden. Dieser alte Digger sagte, er glaubte, dass Pobby und Dingan wirklich existierten, und er würde, wenn er nächstens durch die Stadt lief, nach ihnen Ausschau halten. Er würde auch in Stevens Kebabladen vorbeischauen für den Fall, dass sie da auf einen Happen reingegangen wären, und er würde ein Gedicht mit dem Titel »Kommt heim, meine Durchsichtigen!« schreiben und bei seinen Buschdichterkollegen herumgehen lassen. Dieser alte Spinner schien gar nicht zu kapieren, dass er einfach nur *so tun* sollte, als würde er nach Pobby und Dingan suchen. Aber so war das nun mal.

Solange es hell blieb, war ich unterwegs und erklärte den Familien von Lightning Ridge, sie sollten alle ganz auffällig so tun, als suchten sie nach Pobby und Dingan, damit Kellyanne sah, dass den Leuten echt was an den beiden lag. Und ich erklärte auch, was mit meinem Dad passiert war und was für ein Missverständnis es gegeben hatte. Und dass Pobby und Dingan nicht wirklich echt wären, aber Kellyanne meinte, sie wären's, und darauf kam es schließlich an, und dass mein Dad keine Claim-Ratte war, aber die Leute meinten, er wär einer, und das war eben wieder das Entscheidende. Manche Leute reagierten echt nett und schenkten mir ein paar Beutel Twisties, die ich wegfutterte, während ich überall die Anschläge aufhängte, die ich geschrieben hatte und wo drauf stand:

VERMISST! HILFE!
KELLYANNE WILLIAMSONS FREUNDE
POBBY UND DINGAN.
BESCHREIBUNG: ERFUNDEN. STILL.
FINDERLOHN

Und darunter schrieb ich die Adresse von unserem Haus und pinnte die Anschläge an Telefonmasten und Wände und Maschinen und alles. Als ich wieder nach Haus strampelte, sah ich, wie die Leute sich die Anschläge anguckten, und ich sah, dass auf einigen das Wort »Claim-Ratte« drübergeschmiert worden war, aber mir fiel auch auf, dass das bei vielen nicht so war. Also, das war ein gutes Zeichen. Und viele Leute lächelten und lachten. Als ich an dem Abend ins Bett ging, war ich richtig stolz auf mich, dass ich es wenigstens versucht hatte, den Namen meiner Familie reinzuwaschen, und für uns alle eingetreten war. Und dabei war ich auch nicht mal vermöbelt worden und gar nichts – was klasse war.

Kellyanne ging es die ganze Zeit kein bisschen besser. Sie redete kein Wort und murmelte höchstens die Namen von Pobby und Dingan, und Ma und Dad saßen die ganze Zeit an ihrem Bett und maßen ihr die Temperatur und sagten, alles würde wieder gut werden, und kochten ihr Suppe, die sie nie aß. Und Dad tigerte immer noch auf und ab mit so einem Brief vom Krankenhaus in der Hand, wo drin stand, Kellyanne müsste schleunigst da hin und sie müssten irgendwelche Tests mit ihr machen. So langsam, glaube ich, meinten auch meine Eltern, das Krankenhaus wäre der einzige Ausweg.

Als es schon Nacht geworden war, ging ich in mein Zimmer und steckte den Kopf aus dem Fenster und sprach so was wie ein Gebet. Ich sagte ungefähr: »Bitte mach, dass die Leute nach Pobby und Dingan suchen gehen!« Und ich presste die Hände fest zusammen. Als ich mit dem Gebet fertig war, fiel mir ein, dass ich den Empfänger vergessen hatte, und ich flüsterte gerade: »PS: Dieses Gebet ist für Gott oder jeden anderen mächtigen Typen, der mich hören kann« und fragte mich, ob es nicht besser wäre, zu jemand Coolerem zu beten, wie zum Beispiel James Blond, als ich davon abgelenkt wurde, dass sich Ma und Dad in ihrem Schlafzimmer anschrien. Ich konnte nur ein paar Worte aufschnappen, weil es irgendwie erstickt klang, als hätten sie Kuchen im Mund. Aber so viel hörte ich doch, dass Ma meinte, sie wäre es echt leid und hätte die Nase voll, im Khan's an der Kasse zu arbeiten und sich nicht ordentlich um ihre Familie kümmern zu können. Und dann hörte ich, wie mein Dad etwas von Ihre Königliche Hoheit rumbrüllte, und er wiederholte ständig einen Männernamen, aber ich weiß nicht mehr genau, was es war. Wahrscheinlich irgend so ein Typ, der Dad wieder eine Claim-Ratte genannt hatte, sodass er jetzt ganz aufgeregt und gereizt war.

FÜNF

Am nächsten Tag stand ich früh auf, verputzte mein Frühstück, klemmte mit Wäscheklammern Pappstücke an meinen Speichen fest und rauschte im vierten Gang und mit einem Geräusch wie ein Motorrad in die Stadt. Von den Schlangen von Lastern, die immer frühmorgens rausfahren, war nichts zu sehen, und es war auch keine einzige Bohrmaschine zu hören. Die ganze Stadt schien mit dem Graben aufgehört zu haben. Dann, als ich gerade die Opal Street langfuhr, sah ich, dass ein Haufen Leute am Straßenrand hockten und unter Büsche und Autos guckten und hinter Zäune und alles. Als sie mich auf meinem frisierten Chopper vorbeidüsen sahen, salutierten ein paar von ihnen, als wäre ich ein General oder so was, und riefen: »Hey, Ashmol! Geh und erzähl Kellyanne, dass wir wie verrückt suchen!« Da bin ich vor Überraschung fast vom Rad gefallen. Der erste Teil meines Plans hatte funktioniert. Die Leute suchten wirklich nach Pobby und Dingan, ganz im Ernst! Ich strampelte wie verrückt nach Hause, um es allen zu erzählen.

Als mein Vater hörte, was ich einfach so getan hatte, tätschelte er mir den Kopf und sagte: »Clevere Idee, Sohn.« Ich erklärte ihm, wie wichtig es wäre, dass Kellyanne selber sah, was da gerade passierte, und Dad schaffte es mit viel Überredungskunst, Kellyanne aus dem Bett zu holen. Er nahm sie mitsamt ihrem Laken hoch und trug sie nach draußen zum Kombi. Ma setzte sich ans Steuer, weil Dad noch keine rechte Lust hatte, aus dem Haus zu gehen und sich sehen zu lassen.

Ich setzte mich hinten rein und sah mir alles an, und als wir in die Stadt kamen, sagte ich Ma, sie solle mal anhalten, damit Kellyanne die besonderen Anschläge sehen könne, die ich überall an die Zäune und Tore und Bäume gepinnt hatte. Als sie sie sah, lächelte sie ein bisschen. Ich sagte: »Tut mir

Leid, Kellyanne. Ich hatte keine Ahnung, wie ich sie richtig beschreiben sollte. Ich meine, wie sehen sie eigentlich aus?« Und Kellyanne flüsterte, dass sie eigentlich wie nichts Bestimmtes aussähen, aber Dingan hätte einen schönen Opal im Bauchnabel, bloß dass man eine ganz bestimmte Sorte Mensch sein müsste, um das sehen zu können. Und Pobby hinke auf dem rechten Bein.

Jetzt sah man überall Schlangen von Leuten und Leute mit ihren Hunden, und wir blieben neben ihnen stehen und winkten aus dem Fenster. Sie kamen zum Kombi und sagten: »Kellyanne, wir suchen jetzt schon seit sechs Stunden, und wir geben nicht auf, bevor wir Pobby und Dingan gefunden haben. Mach dir also keine Sorgen.« Meine Schwester lächelte ein bisschen. Ein Junge fragte sie: »Reden Pobby und Dingan Australisch?«

»Nein«, sagte meine Schwester, »sie reden Leise-Englisch. Und sie pfeifen gern. Aber man muss eine besondere Sorte Mensch sein, um sie hören zu können.« Es war das erste Mal seit einer ganzen Weile, dass Kellyanne so viel geredet hatte, und meine Ma bekam ein ganz hoffnungsvolles Gesicht.

Jedenfalls, wo wir auch hinkamen, sahen wir Grüppchen von Leuten, die zwischen und hinter den Bäumen suchten oder so taten als ob. Ich sah ein paar von den Line-Dancern mit einem Spruchband, wo drauf stand *Pobby-und-Dingan-Suchtrupp.* Ein großer Schwarzer stand auf einer Abraumhalde und guckte durch ein Fernglas. Ich erkannte ihn wieder: Das war der Mann, der Kellyanne einmal nach Hause gebracht hatte, als sein Sohn ihr beim Spielen hinter der Tankstelle ins Schienbein getreten und sie an den langen Haaren gezogen hatte. Dad nannte ihn »den guten Nigger«, weil er absolut verrückt nach Opalen war, und einmal hatte ich ihn beim Wet-T-Shirt-Wettbewerb einen traditionellen Paarungstanz machen sehen. Als wir anhielten, kam er rüber zum Kombi und steckte den Kopf durch das Fenster auf Kellyannes Seite und grinste ganz breit und meinte: »Keine Sorge, Mädchen. Ich finde Pobby und Dingan in null Komma nichts. Ich bin nicht umsonst Blitz-Traum. Ich gehe auf Wanderschaft, bis ich sie gefunden hab.« Und dann marschierte er davon in den Busch. Und danach hab ich ihn wochenlang nicht mehr zu sehen gekriegt.

Also ich denke, Kellyanne war ganz schön platt, als sie das alles gesehen hat, denn ihre Augen waren ganz weit aufgerissen. Sie drehte sich nach mir um und flüsterte: »Suchen die Leute alle nach Pobby und Dingan?«

»Klar«, sagte ich. »Sogar die Abos.«

Danach sagte Kellyanne überhaupt nichts mehr. Wir brachten sie wieder nach Hause, und sie schlief etwas ruhiger ein. Aber als Jack der Quack an dem Abend vorbeikam, war meine Ma hinterher in Tränen aufgelöst. Und da wusste ich, er musste ihr gesagt haben, dass meine kleine Schwester richtig schwer krank war und dass mein Plan, sie wieder gesund zu machen, danebengegangen war. Da hab ich mich in mein Zimmer verkrochen und hatte ein Gefühl, als wenn ich einen Stein im Hals hätte.

In der Nacht ging auch mein Dad auf Wanderschaft. Ich hörte ihn, wie er aus dem Haus ging. Er schniefte und schluchzte und atmete schwer wie ein Teekessel.

SECHS

Mitten in der Nacht wachte ich ganz unruhig auf. Ich stieg aus dem Bett, zog meine Autotür auf und schlich aus dem Zimmer. Im Wohnzimmer war eine Lampe an, und meine Ma saß auf dem Fußboden mit dem Rücken zu mir und dem Kinn auf dem Knie. Ich schlich mich auf Zehenspitzen an und sah, dass sie was Rechteckiges in der Hand hielt. »Was schaust du da an, Ma?«, fragte ich.

Meine Ma ging fast wie eine Rakete los. Sie sprang auf und drehte sich zu mir herum, alles in einer einzigen Bewegung. Ihre Hände waren in so einer irren Karatehaltung nach vorn ausgestreckt. Aber als sie sah, dass ich es war, beruhigte sie sich und hörte auf zu zittern. Sie sagte: »Hey, Ashmol!

Du bist das! Nicht müde?« Mir fiel auf, dass sie das Ding, das sie in der Hand hielt, hinter dem Rücken versteckt hatte.

»Was hast du dir da angeschaut, Ma?«, sagte ich.

Da lief ihr Farbe wie Wetterleuchten über die Backen. »Oh. Das ist nur ein Foto, Ashmol.«

»Kann ich mal sehen? Ich brauche wirklich was, um mir die Augen müde zu machen, damit ich einschlafen kann.«

Ma sagte eine Weile nichts und gab mir dann mit einer zitternden Hand das Foto und setzte sich wieder auf den Boden. Ich setzte mich ihr gegenüber hin und kreuzte die Beine. Das Foto zeigte vier Leute, die nebeneinander aufgereiht standen und sich gegenseitig mit den Armen festhielten. Zwei Männer und zwei Frauen. Hinter ihnen war so eine Art Hügel mit Bäumen drauf und die Seite eines Hauses. Und der Hügel war ganz mit violetten Tupfen bedeckt. Der Himmel war eine Mischung aus blauen Flecken und sehr knolligen grauen Wolken. Aber das Irrste an dem Foto waren die violetten Tupfen.

»Was sind das da für Dinger?«, fragte ich und zeigte auf die Tupfen.

»Glockenblumen«, sagte Ma. »Das Foto ist in England aufgenommen, Ashmol.«

»Und wer sind die Leute, die da stehen?«, fragte ich, während ich mir ihre Gesichter ansah. Die Mädchen waren sehr hübsch, und die Männer sahen klug und reich und total von sich überzeugt aus. Und die Männer hatten teure schwarze Anzüge an und scharfe Nasen, und die Ladys hatten Blumen im Haar und solche Kleider, wie sie die bei der Wahl der Opalprinzessin tragen.

»Das bin ich, Ashmol«, sagte meine Ma flüsternd. »Mit neunzehn. Auf Oma Poms Wiese vor dem Ball in Castleford.«

»Was?«, sagte ich. »Welche denn?« Und ich sah mir das Bild noch einmal an und erkannte sie sofort. Aber es war schon komisch, wie anders sie auf dem Foto aussah. Viel schicker und sauberer. Schlanker und mit längeren Haaren, aber nicht so hübsch wie jetzt, so viel war mal sicher. Und dann fiel mir auf, dass der eine Typ sein Gesicht ganz nah an das von Ma hielt und sie richtig genau ansah, und seine Hand lag auf ihrer nackten Schulter.

»Wer ist der Typ?«

»Welcher?«

»Der hier.« Ich zeigte auf den Mann mit dem Seitenscheitel.

»Peter Sidebottom.«

»Peter was?«

»Peter Juvenal Whiteway Sidebottom.«

»Das ist aber ein komischer Name«, sagte ich. »War das ein Kumpel von dir?«

»Ja. War er.« Meine Ma legte eine Pause ein und machte so einen Langer-Blick-aus-dem-Fenster-Blick. »Er war mein Freund, bevor ich deinen Vater kennen gelernt habe«, sagte sie.

»Oh«, sagte ich ein bisschen verlegen und wusste nicht, was ich dann sagen sollte. »Kannte er die Queen?«

Meine Ma lachte. »Das ist eine komische Frage, Ashmol! Was meinst du damit: *Kannte er die Queen?*«

»Na ja, er sieht irgendwie ziemlich reich aus«, sagte ich, »und so, als könnte er diese Royals kennen und mit denen um die Häuser ziehen oder sonst was.«

»Nein. Er kannte die Queen nicht«, sagte meine Ma. »Aber du hast schon Recht, Ashmol. Er war reich. Na ja, seine Eltern waren's jedenfalls. Inzwischen ist er aus England weg und wohnt in Amerika, in New York.«

Mir wurde ein bisschen heiß unter den Haaren und irgendwie hatte ich plötzlich keine Lust mehr, im Zimmer zu bleiben. Aber meine Beine machten keine Anstalten zu gehen und mein Mund wollte weiterreden.

»Ma? Wolltest du diesen Juvenil Sidebottom heiraten?«, fragte ich.

Meine Ma dachte lange und angestrengt nach und sagte dann: »Vielleicht. Aber das war, bevor ich mich unsterblich in deinen Vater verliebt habe.« Als ich das hörte, wurde mir innen irgendwie ganz klebrig.

»Ich wette, dieser Juvenil Sidebottom ist ein totaler Schleimer«, sagte ich. »Und ich wette, der ist in New York nicht halb so glücklich wie wir hier in Lightning Ridge.«

»Bist du denn glücklich hier, Ashmol?«, fragte meine Ma, ohne die Augen von sich und Peter Sidebottom auf dem Foto zu wenden.

»Da kannst du aber Gift drauf nehmen«, sagte ich und würgte mir ein strahlendes Lächeln ab. »Und willst du wissen, warum? Weil's hier immer Opal gibt, der nur darauf wartet, dass man ihn findet, und weil es immer etwas gibt, von dem man träumen kann, zum Beispiel von einem zweiten Fire Bird oder einem Christmas Beetle oder einer Southern Princess oder einer Aurora Australis.«

»Hm, ja, da hast du wohl Recht«, meinte meine Ma ein bisschen traurig.

»Und ich denke, mein Dad findet schon ziemlich bald was wirklich Besonderes«, redete ich weiter, »denn er war vielleicht nicht der Erste in der Schlange, als das Geld verteilt wurde, und er hat vielleicht nichts wie Steine im Kopf, und er steckt im Augenblick vielleicht bis zum Kragen in Schwierigkeiten, aber alles in allem ist er ein ganz schön toller Dad.« Na ja, dann stand ich auf und ging wieder zur Tür, aber bevor ich rausging, sagte ich: »Eins ist mal sicher: Ich bin verdammt froh, dass ich nicht Ashmol Juvenil Sidebottom heiße!« Dann machte ich die Tür hinter mir zu. Und ich hörte, wie meine Ma mir mit einer zittrigen Stimme nachrief: »Schlaf gut, Ashmol Williamson! Bis morgen früh, okay?«

SIEBEN

Am nächsten Tag kamen Leute zu unserem Camp raus und sagten, sie hätten Pobby und Dingan gefunden. Als ich mir meinen Plan ausgedacht hatte, hatte ich nicht damit gerechnet, dass die Leute wirklich so etwas behaupten würden und ihren Finderlohn haben wollen könnten. Das Problem war nämlich, dass ich gar keinen Finderlohn hatte. Ich hatte irgendwie immer geglaubt, Kellyanne würde sie schon selber finden, wenn sie erst einmal mitgekriegt hätte, dass andere Leute Anteil nahmen oder so. Aber nichts da. Um neun Uhr morgens kam Fat Walt, dem das Haus ganz aus Flaschen gehörte, klopfte an die Tür und rief: »Hey, kleine Kellyanne Williamson! Ich bring dir hier deine Pobby und Dingan!« Er stapfte mit ausgestreckten Armen rein, wie wenn er einen Haufen dreckige Wäsche vor sich hertrug oder so was. Ich sah ihn zweifelnd an, weil ich mir schon dachte, dass das nicht hinhauen würde. »Hab sie drüben bei Coocaran gefunden«, sagte er stolz.

Ich führte ihn zu Kellyannes Zimmer. Ich sagte: »Kellyanne! Fat Walt ist hier! Hat Pobby und Dingan gefunden, sagt er.«

Kellyanne machte die Augen auf, und ich half ihr, sich aufzusetzen.

Walt kam ins Schlafzimmer rein. »Hier sind sie, Kellyanne. Sie schlafen. Ich hab sie bei Coocaran gefunden. Sie waren Kängurus schießen und müssen unter einem Baum eingedöst sein.«

Kellyanne machte die Augen wieder zu und zog die Decke hoch. »Erzählen Sie keine Märchen«, sagte sie. »Sie haben Pobby und Dingan gar nicht dabei, das sieht doch jeder. Pobby und Dingan schlafen nicht, und sie schießen nicht. Sie sind Pazifisten. Sie haben da gar nichts in den Armen und das wissen Sie auch ganz genau.«

Walt guckte ertappt. Er sagte so was wie: »Na, ganz wie du willst, du kleine Williamson-Göre!«

und ging wieder raus. Alles in allem tat er mir irgendwie Leid.

Eine Stunde später kam der legendäre Domingo-von-der-Burg ganz aufgeregt reingerauscht und wischte sich die Stirn mit einem Tuch. Seine Hände waren ganz voller Schwielen von dem vielen Steineschleppen und Burgbauen, das er hinter sich hatte, und er trug Stiefel und blaue Strümpfe, die bis zu den Knien hochgezogen waren. Er brüllte: »Hey, Leute! Ihr kommt nie im Leben drauf, wen ich im Verlies von meiner Burg gefunden habe, ganz verloren und verängstigt! Ganz genau – eure Freunde Pobby und Dingan. Sie sagen, sie wären zwanzig Meilen weit gelaufen, von irgendwelchen Opalfeldern bis zu mir. Na, jetzt kannst du ganz beruhigt sein, Kumpel, weil Domingo sie gefunden hat, und jetzt bin ich hergekommen, um meinen Finderlohn zu kassieren. Die beiden sitzen abholbereit in der Burg.«

»Was haben Pobby und Dingan gesagt, als Sie sie gefunden haben?«, fragte Kellyanne mit ihrem schwachen Stimmchen.

Domingo dachte gründlich nach und kratzte

sich am Kinn und sagte dann: »Hmm, also, sie haben gesagt, ihnen würde ein Stein vom Herzen fallen und sie freuten sich jetzt auf ihre beste Freundin Kellyanne Williamson und auf ein ordentliches Steak mit Pommes, weil sie hungrig wie zwei ausgehungerte Dingos wären.«

»Haben sie nicht gesagt«, sagte Kellyanne. »Pobby und Dingan essen nur Cherry Ripe und Violet Crumble und Lollis.«

Domingo guckte jetzt ein wenig verzweifelt. »Vielleicht sind sie ja inzwischen aus dem Alter raus«, sagte er. Echt schnell geschaltet, das musste man ihm lassen. Aber Kellyanne fiel nicht drauf rein. Sie rollte sich auf die Seite und sagte: »Es wäre schön, wenn die Leute aufhören würden, sich so blöde Geschichten über Pobby und Dingan auszudenken. Die ganze Stadt dreht langsam durch. Die sollten lieber alle wieder graben gehen. Und ich bin jetzt müde.«

Ich brachte Domingo zur Tür und sagte, es täte mir wirklich Leid, und danke, dass er es wenigstens versucht hätte, und er schlurfte achselzuckend zu seiner halb fertigen Burg zurück, kickte Erdklumpen und brummelte: »Ich habe ganz den Eindruck, sie *will* sie gar nicht finden.« Ich hatte ein bisschen Angst, dass er außerdem dachte: *Ich schätze, Rex Williamson ist eine Claim-Ratte.* Aber jedenfalls hatte er mir zum Abschied die Hand gegeben, bevor er wieder zu seiner Burg gegangen war, um an den Türmen weiterzubauen und darauf zu warten, dass seine Traumprinzessin auf ihrem geflügelten Pferd angeflogen kam.

Insgesamt schauten an dem Tag an die zehn Leute vorbei und behaupteten, sie hätten Pobby und Dingan gefunden. Eine alte Dame kreuzte mit einem kleinen Einmachglas auf und sagte, sie hätte die beiden darin eingesperrt. Ken von der Apotheke kam ganz gebückt rein und sagte, er hätte Dingan auf dem Buckel. Er behauptete, er hätte sie mit einem gebrochenen Bein gefunden. Er sagte, Pobby hätte er noch nicht gefunden, aber er würde wieder zur Stelle zurück, wo er Dingan gefunden hätte, und sich dort mal gründlich umsehen. Joe Lucas, der das Jahr davor den ersten Preis im Baumstammwerfen gewonnen hatte, meinte, er hätte Pobby und Dingan stockbetrunken im Weinkeller seines Opas gefunden. Zwanzig Minuten lang zog er vor Kellyanne seine Show ab und versuchte sie zum Lachen zu bringen. Er tat so, als versuchte er Pobby und Dingan zu bändigen, und riss einen Haufen guter Witze. Ein Mädchen namens Venus kreuzte mit ihrem Schäferhund auf und sagte, der Hund hätte die beiden aufgespürt. Sogar der kleine Junge mit dem Eric-dem-Ninja-Schnabeltier kam vorbei und behauptete, sein eigener Phantasiefreund hätte die Freunde meiner Schwester ausfindig gemacht. Er meinte, Phantasiefreunde finden, könnten nur andere Phantasiefreunde. Seine Story war noch die beste von allen. Aber am Ende mussten auch Eric und er mit eingezogenem Schwanz wieder abzihen. Kellyanne sagte, Pobby und Dingan würden nie im Leben mit einem Riesen-Ninja-Schnabeltier zurückkommen, weil es Riesen-Ninja-Schnabeltiere überhaupt nicht gäbe. Das wüsste doch jeder.

ACHT

Na ja, so ein, zwei Tage lang möbelte dieser ganze Trubel Kellyanne ein bisschen auf. Sie möbelte, glaub ich, auch Lightning Ridge auf. Die Leute hier in der Gegend stürzen sich mit Begeisterung auf jede Verrücktheit, und sie steigerten sich so sehr in die Sache mit Pobby und Dingan und meiner Schwester Kellyanne rein, dass sie Dad und Old Sid den Miesmotz eine Zeit lang zu vergessen schienen. Und in letzter Zeit hatte auch niemand mehr versucht, unseren Zaun abzubrennen. Aber trotz der ganzen Aufmerksamkeit, die sie von allen Seiten kriegte, aß Kellyanne weiterhin nichts. Jetzt war sie wirklich davon überzeugt, dass Pobby und Dingan gestorben waren, und das Einzige, über das sie reden konnte, war, dass man ihre Leichen nach Hause holen sollte. Sie sagte, es würde ihr schon viel besser gehen, wenn sie nur mit ihren Leichen zusammen sein könnte. Aber auch die musste man erst mal finden. Die ganze Sache ging mir langsam ein bisschen auf den Geist, und so sagte ich: »Kellyanne, Ma und Dad sind wegen dir ganz kaputt vor Sorge. Jeder versucht dir zu helfen, aber du weißt verdammt genau, dass du die Einzige bist, die Pobby und Dingan oder die Leichen von Pobby und Dingan oder was weiß ich finden kann. Also entweder du findest sie jetzt, oder du schlägst sie dir ein für alle Mal aus dem Kopf, damit du wieder gesund wirst und alles wieder seinen normalen Gang läuft!«

Kellyanne sah mich an, als würde sie sich die Sache echt gründlich überlegen. Dann meinte sie: »Ashmol. Kannst du bitte noch einmal zum ›Wyoming‹ fahren und in die Grube steigen? Ich hab da so eine Ahnung. So was wie ein Gefühl.«

»Was? Du willst, dass ich in den Schacht steige und da unten nach Pobby und Dingan suche?«

»Bitte. Und geh allein und nachts, damit dich keiner sieht und du keinen Ärger kriegst.«

»Glaubst du, sie sind da unten?«

»Wie gesagt. Ich habe so eine Ahnung.« Sie legte den Kopf aufs Kissen und zog sich die Decke hoch bis unters Kinn. »Vielleicht haben sie sich in den Strecken verirrt, und ihre Leichen liegen da noch immer ganz verhungert im Dunkeln.«

»Angenommen, ich gehe«, sagte ich. »Woran soll ich denn erkennen, dass sie's sind? Ich kann Pobby und Dingan ja nicht *sehen*, so wie du. Hab's nie gekonnt.«

Kellyanne gab keine Antwort. Sie war eingeschlafen, und ihr Arm war dünn und sah wie tot aus. Sie hatte Ringe unter den Augen, und ihr Gesicht hatte die Farbe von versteinertem Lehm.

NEUN

Also zog ich mich in dieser Nacht warm an und holte mir eine Wurst aus dem Kühlschrank und steckte sie ein. Ich konnte Ma und Dad hören, wie sie in ihrem Zimmer leise redeten. Ich holte mir außerdem einen Knäuel Schnur aus der Garage, schlich mich aus unserem Camp raus und ging auf Zehenspitzen zu meinem Fahrrad. Bis zur Straße schob ich es, damit es nicht so klapperte. Und dann band ich meine kleine Taschenlampe mit einem Schnürsenkel an der Lenkstange fest und machte mich auf die lange Fahrt zum »Wyoming«-Claim. Mein Herz schlug so laut, dass es sich anfühlte, als würde jemand in mir drin strampeln.

Auf halber Strecke zum »Wyoming« blieb ich

stehen und fragte mich, was ich mir eigentlich dabei dachte, mitten in der Nacht nach zwei Toten zu suchen, die gar nicht existierten. Das klang schon ziemlich bescheuert, wenn man sich das mal überlegte. Um ein Haar hätte ich wieder kehrtgemacht und wäre zurückgefahren. Ich hätte ja behaupten können, dass ich die Leichname von Pobby und Dingan gleich gefunden hätte. Aber ich wusste, dass Kellyanne mir das nicht abkaufen würde. Also beschloss ich, eben doch in den Schacht zu steigen und mich ein bisschen umzusehen, eine Stunde oder so, damit ich dann wenigstens sagen konnte, dass ich unten gewesen war und mein Bestes getan hatte. Ich dachte mir, Kellyanne würde das zu schätzen wissen. Und sie würde sich sagen, dass ich ziemliche Fortschritte gemacht hatte seit damals, wo ich in die Luft geboxt hatte, wo angeblich Pobby und Dingan waren. Und ich wollte nicht, dass sie mit dem Gedanken starb, ich wäre die Sorte Ashmol, der an nichts glaubte.

Also, es waren gute zehn Meilen Asphaltstraße bis zum Claim, und wie ich erst mal auf die Piste eingebogen war, wurde es noch ein ganzes Stück schwieriger, zu sehen, wo, zum Teufel, ich eigentlich langfuhr. Ich musste richtig Slalom fahren zwischen den ganzen Kletten und dem Stachelzeugs. Zum Glück hätte ich den Weg durch das Weizenfeld zum »Wyoming« praktisch im Schlaf gefunden, so oft wie ich mit Dad schon da langgefahren war. Trotzdem musste ich scharf aufpassen, dass ich mit dem Rad auf der Piste blieb und keine Schlaglöcher erwischte oder gegen irgendwelche Steinblöcke knallte. Aber gruselig war's schon, so ganz allein da draußen, deswegen tat ich, um mir Mut zu machen, die ganze Zeit so, als wär ich James Blond, und machte mir aus zwei Fingern und einem gespannten Daumen einen Fünfundvierziger-Colt und hielt den, während ich strampelte, schussbereit an meinem Hosenbein. Ehrlich, eine Viertelstunde lang hab ich glatt vergessen, dass ich überhaupt Ashmol Williamson war.

Es war so still, dass ich hören konnte, wie mir das Blut überall im Kopf herumsauste und mir die Zähne klapperten. Und dazu war dieser riesige Himmel rappelvoll mit Sternen, und ich erinnerte mich, wie Dad mir mal gesagt hatte, dass auf jeden Stern am Himmel ein Opal in der Erde kommt, und dass Opale versteckt sind, weil sie noch schöner als Sterne sind, und wenn die Leute zu viele auf einmal sehen könnten, würde es ihnen das Herz brechen. Und ich erinnerte mich auch, wie er mir mal gesagt hatte, dass das ganze Land, wo jetzt Lightning Ridge war, früher von Meerwasser bedeckt gewesen war und dass man alle möglichen versteinerten Meerestiere in den Felsen gefunden hatte. Mir lief's kalt den Rücken runter beim Gedanken, wie unheimlich das war, dass es mal ein Meer gegeben hatte, wo es jetzt nichts wie trockenes Land gab. Und plötzlich dachte ich, wenn so etwas Unglaubliches wirklich wahr war, dann konnte es vielleicht sein, dass auch Pobby und Dingan wahr waren. Aber dann sagte ich zu mir: »Himmelherrgott, Kumpel, du kriegst ja langsam Hirnerweichung, also ehrlich. Jetzt reicht's aber.« Und damit ging die Fahrt zum Opalclaim von meinem Dad ein bisschen schneller rum.

Als ich da war, band ich meine Taschenlampe los

und knipste sie aus. Ich legte meinen Chopper hin und schlich ganz vorsichtig auf Zehenspitzen weiter, weil ich Angst hatte, Old Sid könnte aufwachen und denken, ich wäre dabei, auf seinem Claim nach Opal zu suchen. Seit nämlich mein Dad ihm eine reingehauen hatte, weil er Claim-Ratte zu ihm gesagt hatte, wussten alle, dass Sid bis tief in die Nacht bei Kerzenlicht in seinem Wohnwagen saß, seine Kragenechsen futterte und ein Gewehr aus dem Fenster hielt. Und ich wusste auch, dass er sich einen Wachhund gekauft hatte, deswegen hatte ich ja die Wurst eingesteckt.

Und prompt kam Sids Hund auch rausgekläfft. Er war mit einem Strick an Sids Wohnwagen befestigt. Ich warf ihm die Wurst hin und schlich dann zu unserer Mine, ganz vorsichtig, damit ich nicht über den Begrenzungspfahl stolperte oder in irgendwelche nicht abgedeckten Löcher fiel. Ich hörte den Hund im Dunkeln schmatzen. Als ich den Minenschacht erreicht hatte, fiel mir wieder ein, was mein Dad immer sagte: »Immer deinen Deckel aufsetzen, wenn du unter Tage gehst, Knirps!« – und so schlich ich rüber zu unserem alten Wohnwagen und holte einen der gelben Schutzhelme raus, die darunter lagen. Ich setzte ihn mir auf und zog den Riemen unterm Kinn stramm. Danach fühlte ich mich schon ein bisschen besser. Dann band ich mir die Taschenlampe mit dem Schnürsenkel am Gürtel fest.

Der Minenschacht war eng und dunkel. Ich ließ mich vorsichtig auf die Leiter hinunter. Auf den Sprossen war immer nur Platz für die Zehen und so musste ich mich beim Runterklettern extra fest an die Holme klammern für den Fall, dass meine Füße den Halt verloren. Normalerweise kam mein Dad mit einem Kabel und einem Glühbirnendings runter, das an den Generator angeschlossen ist, aber ich hatte nur meine kleine Taschenlampe dabei, die nicht besonders viel Licht hergab.

Einen Fuß nach dem anderen, stieg ich rückwärts tiefer und tiefer und versuchte nicht daran zu denken, was aus mir werden würde, wenn ich abstürzte. Alle fünf Sprossen machte ich eine Verschnaufpause, um mich zu vergewissern, dass ich noch immer am Leben und auf der Leiter war und nicht unten mit kaputten Knochen. Und je tiefer ich stieg, desto mehr kam ich mir so vor, als wär ich in einem Schlund, als würde mich ein riesiges Monster verschlucken.

Na ja, schon ziemlich bald trat mein Fuß auf die unterste Sprosse, und ich stand auf dem Boden des Ballsaals. Ich hatte noch immer das Gefühl, auf der Leiter zu stehen, weil ich die Stellen spürte, wo die Sprossen mir in die Füße gedrückt hatten.

Bevor ich mich in die Dunkelheit wagte, erinnerte ich mich an die Geschichte, die mir Kellyanne aus ihrem »Buch der Helden und Sagen« erzählt hatte, von so einem Griechen, der in eine Opalmine gestiegen war, um eine riesige Menschenfresserspinne zu töten, und der einen Wollknäuel mitgenommen hatte, damit er dem Faden zurückfolgen konnte, statt sich in den Strecken zu verlaufen. Und deswegen hatte ich nämlich einen Knäuel Schnur mitgenommen, und den band ich an der untersten Sprosse der Leiter fest und ging dann rein in die Strecke. Ich konzentrierte mich so sehr auf das, was ich tat, dass ich beinahe vergessen hatte, wozu ich überhaupt hergekommen war.

Ich durchquerte den Ballsaal und leuchtete dabei mit meiner Taschenlampe nach allen Seiten und passte tierisch auf, dass ich nicht gegen irgendwelche Stützen lief. Das Licht ließ den roten Lehm aufleuchten. Ich meinte die ganze Zeit, unheimliche runzlige Fratzen zu sehen, die mich von den Wänden her anstarrten. Und wie ich weiterging, wurden die Fratzen zu Gesichtern von Leuten, die ich kannte oder von denen ich was gehört hatte. Und eins dieser Gesichter sah aus wie Old Sid, und eins war Jack der Quack, und eins war der Mann mit dem stinkigen Atem, der mich im »Digger's Rest« beinahe vermöbelt hatte. Und eins war Peter Juvenil Sidebottom. Um mich von diesen ganzen Gesichtern abzulenken, sagte ich laut: »Sandstein und Lehm. Sandstein und Lehm. Sandstein und Lehm«, immer und immer wieder, um mich daran zu erinnern, was für ein Haufen Blödsinn dieser ganze Quatsch mit den Gesichtern war.

Ich nahm die linke Strecke und lief die ganze Zeit mit eingezogenem Kopf, obwohl das überhaupt nicht nötig gewesen wäre. Ich ging immer weiter, rollte dabei meinen Knäuel ab und spitzte die Ohren, ob da nicht irgendwo eine Schlange langkroch.

Also, ich kannte diese Strecken ziemlich gut, aber nach einer Weile kam auf der linken Seite ein Tunnel, wo ich noch nie drin gewesen war. In der linken Wand war ein neuer Affe. Und ein Affe ist kein Tier, das von Baum zu Baum hüpft, sondern das Wort, das wir Digger für so was wie ein Loch benutzen. Und ich dachte mir, das müsste die Stelle sein, wo mein Dad zuletzt gegraben hatte, weil er seine Spitzhacke da liegen gelassen hatte. Na ja, und da war so ein bestimmter Geruch, den ich noch nie gerochen hatte. Ich dachte mir, das könnte einfach der Geruch sein, den man eben nachts in einer Opalstrecke riecht, weil ich schließlich noch nie nachts in einer gewesen war. Jedenfalls stieg ich durch den Affen und lief die neue Strecke lang so weit, wie ich kam.

Und hinten in der Ecke leuchtete ich dann mit der Taschenlampe herum, bis ich plötzlich etwas ganz schön Ungewöhnliches sah. Da lag nämlich ein ziemlicher Haufen Geröll. Das war nicht einfach Opalerde und taubes Gestein. O nein, es sah so aus, als wär der ganze Teil der Decke eingestürzt und wie ein großer Pilz in sich zusammengefallen. Mein erster Gedanke war: »Verdammt, das bedeutet, dass *noch* ein Stück von der Decke *auf mich* runterkommen könnte.« Ich machte kehrt, um meiner Schnur bis zur Leiter zurückzufolgen, weil ich mir sagte, dass ein zerquetschter Ashmol das Letzte wäre, was meine Familie im Augenblick brauchen konnte. Aber dann hatte ich plötzlich so einen komischen Geistesblitz, der mich auf der Stelle erstarren ließ. Ich sagte zu mir: »Was, wenn Pobby und Dingan unter diesem Haufen Steine liegen?« Und dann spitzte ich gewaltig die Ohren und redete mir irgendwie ein, dass ich ein leises Stöhnen und Atmen hörte. Und da fing ausgerechnet ich, Ashmol Williamson, an, ihre Namen zu rufen! Wirklich und wahrhaftig. »Pobby! Dingan! Keine Angst, hier ist Ashmol! Kellyannes Bruder! Pobby und Dingan! Ich bin gekommen, um euch zu retten.« Aber dann fiel mir wieder ein, dass Kellyanne überzeugt war, dass sie tot wären, was bedeutete, dass sie das wahrscheinlich wirklich waren. Und so trug ich die Steine langsamer ab und beeilte mich nicht mehr so sehr. Aber ich war so aufgeregt, dass ich einen ganzen großen Förderkasten mit meinem Schweiß vollgekriegt hätte.

Ich kniete mich hin und trug die Felsbrocken einen nach dem anderen ab, bis ich den Boden erreicht hatte. Und da plötzlich lag direkt vor mir das Einwickelpapier eines Violet-Crumble-Schokoriegels. Und es war einfach toll, hier draußen mitten in der Pampa etwas irgendwie Vertrautes zu sehen, diese netten Worte zu lesen. Aber dann leuchtete mir plötzlich etwas anderes entgegen. Etwas, das da im Dunkeln lag. Und wartete. So ein grünlichrotes Glitzern. Ich schnappte sofort danach. Es war eine Knolle oder ein *nobbie*, wie wir Digger dazu sagen, von der Größe eines Jojos, und als ich sie mit der Taschenlampe anstrahlte, sah ich, dass da etwas Farbe drin war. Mein Herz brach den Weltrekord im Stabhochsprung. Ich wischte den Lehm so gut es ging ab und dann leckte ich am Nobbie. Es war ein Opal. Grün. Rot. Schwarz. Alles zusammen. Er war seltsam warm, als ob ihn schon jemand in der Hand gehalten oder auf der Haut gehabt hätte. Ich saß eine Weile so da, während mein Herz einen Salto nach dem anderen machte, und ich dachte: *Junge, wir Williamsons werden stinkreich!* Ich ließ den Nobbie in meiner offenen Hand hin- und herrollen und leckte noch einmal die Erde ab, damit er glänzte. Und ich schätzte, dass das opalisierte Stück so hell wie ein Stern funkelte und so groß wie eine Münze war oder ein Bauchnabel. Und das brachte mich auf die Idee. Das war Dingans Bauchnabel. Das hier waren Pobby und Dingan, die verschüttet worden waren, als die Decke des Tunnels eingebrochen war. Und was ich vorhin gerochen hatte, war der Geruch des Todes. Und das Letzte, was sie vor ihrem Tod gegessen hatten, war ein Violet Crumble gewesen. Alles passte jetzt irgendwie zusammen.

Ich steckte mir den Nobbie in den Schuh und das Einwickelpapier in die Tasche und die Taschenlampe in den Mund und hob die Leichname von Pobby und Dingan mit beiden Armen hoch. Sie waren schwerer, als ich gedacht hatte. Viel, viel schwerer. Ich ging die Strecke entlang zurück in Richtung Leiter. Das Licht meiner Taschenlampe tanzte neben mir über die bräunlichrote Wand.

Und während ich Pobby und Dingan zurückschleppte, stöhnte und ächzte ich so vor mich hin. Auch die Luft wog irgendwie schwer, jedenfalls kam es mir so vor.

Am Fuß der Leiter blieb ich stehen und legte Pobby und Dingan ab, weil mir klar war, dass ein Knirps wie ich die beiden nie im Leben nach oben kriegen würde. Also legte ich sie hin und breitete meine Jacke über sie aus. Während ich die Leiter hochkletterte, sah ich die ganze Zeit über die Schulter zurück, um sicher zu sein, dass die Leichen noch immer da unten lagen. Und dann ging ich zurück zu meinem Chopper und strampelte nach Haus unter einem Himmel, der noch immer vor Opalfieber glühte. Mir war kälter als die kälteste Sache, die man sich vorstellen kann.

ZEHN

Den Rest dieser langen Nacht machte ich kein Auge mehr zu, aber als es endlich Morgen wurde, ging ich zu Kellyanne ins Zimmer, um ihr zu erzählen, was passiert war. Es roch alles ein bisschen nach Erbrochenem. Ich rüttelte Kellyanne an der Schulter und sagte: »Wach auf, ich muss dir was zeigen. Wach auf!« Kellyannes Lider flatterten, und ihr Auge guckte raus. Sie sah nicht mehr besonders lebendig aus. Ich geriet irgendwie leicht in Verzweiflung. Ich würde es mit dem Tod höchstpersönlich aufnehmen müssen. Ich ganz allein. Nicht James Blond oder Luke Skywalker oder sonst wer, sondern bloß Ashmol Williamson, der mit seinen Worten seiner Schwester das Leben retten musste. Ich hatte Fat Walt und den legendären Domingo und Joe Lucas und all die anderen scheitern sehen. Ich wusste irgendwie, dass das meine letzte Chance war, und so holte ich erst einmal richtig tief Luft.

»Ich hab gemacht, was du gesagt hast, Kellyanne – ich bin letzte Nacht in die Mine eingestiegen – und weißt du was? – In einer der Strecken ist die Decke runtergekommen – und hat Pobby und Dingan begraben – das weiß ich, weil ich den Opal gefunden hab, den Dingan im Bauchnabel trug – sie lagen ganz zerschunden in der Mine – sie waren – ehrlich – sie waren da – und sie waren tot. Aber sie sahen ganz friedlich aus, wie wenn – Sie lagen nebeneinander und hielten sich bei der Hand – und sie waren noch ein bisschen warm und alles.«

So langsam kamen mir die Tränen aus den Augen, vielleicht weil ich völlig geschafft war, aber auch weil ich eine Riesenangst hatte, dass Kellyanne mir kein Wort glauben würde. Ich hatte Angst, dass wenn ich aufhörte zu reden, sie sich plötzlich umdrehen würde und sagen: »Red keinen Blödsinn, Ashmol. Das waren nicht Pobby und Dingan«, und so haspelte ich irgendwie alles in einem einzigen Schwall runter. »Sie hatten die Augen geschlossen, Kellyanne – in Pobbys Hand war ein Violet-Crumble-Papier.« Während ich redete, wedelte ich mit dem Einwickelpapier durch die Luft, um ihre Aufmerksamkeit zu erregen. »Du kannst selber nachsehen – ich hab die Leichen in der Mine zurückgelassen und mit meiner Jacke zugedeckt – weil ich sie nicht hochtragen konnte – verstehst du – und wenn du mitkommst, zeig ich sie dir. Aber du musst mir glauben – sie waren da – ich hab die Steine weggeräumt, und ich konnte sie riechen – im Ernst – die Decke ist auf sie draufgestürzt – da waren keine Stützen oder Träger und nichts – sie ist runtergekracht und hat sie zerquetscht – ehrlich – ich hab sie bis zur Leiter geschleppt – aber sie hochzutragen hab ich nicht mehr geschafft – das ging wirklich nicht.«

Na ja, und dann hab ich auf den Boden geguckt und irgendwie die Fußknöchel aneinander gerieben und mit den Fingergelenken geknackt.

»Kann ich den Opal sehen?«, flüsterte Kellyanne nach einer Weile.

Ich zog meinen Schuh aus und hielt ihr den Opal in der offenen Hand hin, die wie ein Fisch zappelte. Plötzlich kriegte ich echt Angst, weil ich dachte: »Dieser Opal sieht nie im Leben wie was aus, was sich jemand in den Bauchnabel stecken würde.« Dazu war er zu groß.

Aber Kellyanne setzte sich plötzlich auf und warf mir die Arme um den Hals und sagte: »Ashmol! Du hast die Leichen gefunden! Du hast Pobby und Dingan gefunden! Das ist er! Das ist der Stein, den Dingan im Bauchnabel trägt!«

Als ich das hörte, war ich schlagartig ganz erleichtert und aufgeregt. Kellyanne hatte auf einmal so ein strahlendes Lächeln im Gesicht. Es war so, als wäre ihr ein Riesenfelsklotz vom Herzen gefallen. Ich dachte plötzlich: »Klasse! Es ist alles vorbei! Ich hab's geschafft! Jetzt wird Kellyanne wieder gesund und alles wieder gut.«

Aber Kellyanne sah mich an und sagte: »Jetzt, Ashmol, musst du nur noch das Begräbnis organisieren.«

»Was?« Einen Augenblick lang dachte ich, sie meinte ihr eigenes Begräbnis.

»Alle Leute kriegen ein Begräbnis. Also müssen auch Pobby und Dingan eins kriegen. Ich hab keine Ruhe, bis sie begraben sind, Ashmol. Ich würde mich ja selbst drum kümmern, aber ich kann nicht, weil ich für ein paar Tage ins Krankenhaus nach Walgett muss.«

Sie sah mich wieder mit diesen dunkel geränderten Augen an. Ich war mir nicht so sicher, ob das Krankenhaus es schaffen würde, sie wieder hinzukriegen.

»Du kannst das mit dem Opal bezahlen«, sagte Kellyanne. »Das hätte Dingan bestimmt so gewollt. Das hat sie immer gesagt. ›Wenn ich sterbe‹, hat sie gesagt, ›bezahl mein Begräbnis mit meinem Bauchnabelstein.‹«

»Wie viel kostet denn ein Begräbnis?«

»Ein Vermögen, glaube ich«, antwortete Kellyanne. »Aber der Opal müsste dafür ziemlich genau reichen.«

Als ich das hörte, wurde mir ganz anders. Ich hatte nicht gewusst, dass es so teuer war, tot zu sein. Mit dem Geld vom Opal hatte ich ein neues Haus kaufen wollen und meiner Ma ein Flugticket für einen Urlaub in England spendieren und alle möglichen anderen Sachen. Aber da sagte ich mir, dass das Wichtigste jetzt war, Kellyanne wieder gesund zu kriegen, und wenn das bedeutete, einen unwahrscheinlich wertvollen Opal gegen ein Grab für Pobby und Dingan einzutauschen, dann würde ich das eben tun.

»Das mache ich aber nur, wenn du wieder gesund wirst und aufhörst, Ma und Dad dumm und dämlich vor Sorgen zu machen«, sagte ich eisern. »Und nur wenn du versprichst, nicht anschließend trotzdem zu sterben, denn dann müsste ich *noch* ein Begräbnis organisieren, und das artet dann in richtige Arbeit aus.«

»Ich versprech's«, sagte Kellyanne. »Danke, Ashmol. Und jetzt versprichst du mir auch etwas. Versprich, dass du Ma und Dad nichts von Dingans Opal erzählst.«

»Okay. Okay.«

»Und dass du ihn keinem zeigst außer dem Bestattungsunternehmer.«

»Ich versprech's.«

»Und versuch nicht, dafür Geld zu bekommen.

Das ist nicht dein Opal, und es ist auch nicht Dads Opal, Ashmol. Das ist Dingans Bauchnabel. Das ist nicht irgend so ein gewöhnlicher Stein, mit dem du einen Haufen Geld machen kannst.«

Über den Punkt dachte ich lange und gründlich nach, und ich dachte, dass es jammerschade war, dass ich meinen ersten Rot-auf-Schwarzen verschenken sollte. Und dann sagte ich: »Ich verspreche, dass ich damit kein Geld zu machen versuche.« Und dann ging ich raus aus dem Zimmer, fix und fertig vom vielen Versprechen.

ELF

Nachdem also Ma und Dad am nächsten Tag losgefahren waren, um Kellyanne ins Krankenhaus zu bringen, machte ich mich auf den Weg und fuhr die Straße rein, die am Golfplatz lang zum Friedhof führt. Ich kam an dem Schild vorbei, auf dem steht: *Lightning Ridge – Einwohner?* Und das Fragezeichen steht da wegen den ganzen Leuten, die hier durchkommen, nichts finden und aufgeben und wieder nach Haus fahren. Und wegen den ganzen Leuten, die sich in ihren Minen im Busch verstecken. Und den ganzen Verbrechern und denen, die keinen besonderen Wert darauf legen, sich in die Wählerliste einzutragen. Meine Ma hatte mal gesagt, dass hier schätzungsweise alles in allem an die achttausenddreiundfünfzig Leute wohnten, plus Pobby und Dingan, was achttausendfünfundfünfzig machte. Aber jetzt, wo Pobby und Dingan tot waren, war die Zahl wohl wieder auf achttausenddreiundfünfzig zurück.

Und wie ich so fuhr, drehte ich Dingans Bauchnabelstein zwischen den Fingern. Ich hatte so viel zu tun gehabt, dass ich überhaupt nicht dazu gekommen war, ihn mir richtig anzuschauen. Er war wirklich unglaublich. Eine Mischung aus Schwarz und verschiedenen Grüns, und wenn man ihn drehte, lief ein roter Blitz flimmernd mitten hindurch. Und das Ganze schön mollig in einer Steppdecke aus weißem und braunem Stein eingepackt. Das war ein Haupttreffer, wie er im Buch stand, so viel war mal sicher. Und er war ganz warm von der Sonne von Lightning Ridge.

Endlich kam ich am Friedhof an und guckte mich erst mal gründlich um. Ich war noch nie da gewesen. Es ist ein kleines ruhiges Stück Land, mit ein paar Minen in der Nähe, und ungefähr so groß wie zwei zusammenhängende Claims. Wenn man genau hinsieht, kann man die Spitzen von ein paar

Bohrtürmen erkennen, die wie Dinosaurier oder Giraffenskelette über die Bäume rausgucken. Jedenfalls war leicht zu erkennen, welche von den Toten auf Opal gestoßen waren und welche nicht, denn auf einigen Gräbern standen Platten oder Kreuze aus Stein und Marmor und auf anderen mal eben bloß zwei zusammengenagelte Holzlatten, die längst am Verwittern waren. Kellyanne hatte Recht. Der Tod schien so teuer zu sein, dass ihn sich manche Leute gar nicht leisten konnten. Und es war irgendwie unheimlich, sich die ganzen toten Leute unter der Erde vorzustellen, besonders wenn man bedenkt, dass ein Haufen von ihnen auch ihr ganzes *Leben* unter der Erde zugebracht hatten. Auf vielen Gräbern stand: »Bei einem Grubenunglück ums Leben gekommen«. Und unter ihren Namen lagen Blumen und bunte Steine, und auf den meisten stand R.I.P.

Mir fiel auf, dass Bob der Schwede noch ein bisschen Platz neben seinem Grab hatte. Genug Platz für zwei, dachte ich, wenn der alte Bobby-Boy ein bisschen zur Seite rückte. Es gab auch Gräber von kleinen Kindern, die jung gestorben waren. Sie lagen unter Haufen von Erde, die wie die Abraumhalden bei den Minen aussahen, nur so rötlichbraun. Plötzlich war ich unheimlich traurig wegen Kellyanne, und ich stellte mir vor, wie es sein würde, wenn sie hier draußen in einem traurigen kleinen Grab liegen müsste, mit ein paar Plastikblumen davor, und alles nur weil zwei Phantasiefreunde in der Mine meines Dads gestorben waren. Aber dann sagte ich mir, dass ich aufhören sollte, an so was zu denken, und dass alles gut werden würde, weil ich es aus purem Dusel geschafft hatte, die Leichen zu finden. Wenn sie erst beim Begräbnis getrauert hatte, das ich mit Dingans Bauchnabelstein bezahlen würde, würde sie auch wieder gesund werden. Aber trotzdem hatte ich Tränen in den Augen. Vielleicht lag das daran, dass ich meinen allerersten Opal weggeben musste. Jedenfalls war's, glaube ich, erst das zweite Mal in meinem ganzen Leben, dass ich nasse Augen hatte.

ZWÖLF

Ich klopfte an die Tür vom Bestattungsunternehmer, Mr. Dan Dunkley. Eine Stimme sagte: »Herein.« Ich drehte den Türknauf rum und ging hinein.

Mr. Dan war ein fetter Mann mit viel mehr Kinnen, als für ihn gut war. Sein Büro war tipptopp in Ordnung – na ja, jedenfalls tipp –, und er saß an seinem Schreibtisch und hatte die Backe in eine schwabblige weiße Hand gestützt. Hinter ihm war eine Schleifscheibe am Laufen, und auf einem Tablett lagen ein paar Bohr- und Schleifspitzen neben einer Flasche Spiritus und einer Kombischleifmaschine Marke Little Dixie. Auf der Stirn hatte Mr. Dan seine komische Brille, um Opale anzusehen. Wie die meisten Leute hier, denen zum Graben der Mumm fehlte, machte er nebenher ein bisschen in Schleifen und Kauf und Verkauf, damit er über die Runden kam, wenn gerade nicht genug Leute starben.

Mr. Dan sah zu mir auf. Anders als die meisten, wusste er nicht, wer ich war, und ich tippte drauf, dass er kein besonders geselliger Typ war und Leute erst dann kennen lernte, wenn sie tot waren. Ich sagte: »Mein Name ist Ashmol Williamson, und ich möchte mit Ihnen über Gräber reden.«

Mr. Dan nahm die Brille ab und runzelte die Stirn und zündete seine Pfeife an. Nach einer Weile nuschelte er: »Schulprojekt?«

»Nein, Sir«, sagte ich. »Vielleicht haben Sie von meiner Schwester schon gehört, Kellyanne Williamson? Sie liegt im Sterben.«

Ich dachte mir, wenn ich ihm Kellyannes Namen sagte, würde bei ihm zwangsläufig der Groschen fallen. Er hatte den Sarg für sie wahrscheinlich schon fix und fertig zusammengenagelt und einsatzbereit daliegen. Und tatsächlich lief ihm so was wie ein Aha! über das Gesicht.

»Warum sie im Sterben liegt, ist, weil sie vor einer Weile zwei von ihren Freunden verloren hat. Und traurig ist«, sagte ich.

»Ach«, sagte Mr. Dan. »Das hatte ich gar nicht gewusst. Über euch Williamsons weiß ich nur so viel, dass dein Dad ziemlich in der Klemme sitzt.«

Ich ging zum Schreibtisch und setzte mich drauf und saß da wie ein Kater und sah Mr. Dunkley an. »Diese Freunde von meiner Schwester«, sagte ich, »waren vermisst. Sie waren ein paar Tage lang verschwunden, und keiner konnte sie finden.«

Mr. Dan schaute auf einmal interessiert. »Davon hatte ich nichts gewusst.«

»Na ja. Da sind Sie der Einzige«, sagte ich. »Das ist nämlich der Grund, warum in letzter Zeit nicht besonders viel Leute hergekommen sind, um Ihnen Opale zu verkaufen. Keiner gräbt mehr. Alle sind den ganzen Tag unterwegs und suchen nach Pobby und Dingan. Keiner arbeitet.«

»Bist du sicher, dass du dir das nicht alles aus den Fingern saugst, Junge?«

»Absolut«, sagte ich, total cool und smart wie James Blond.

Mr. Dan stand auf und schaltete die Schleifmaschine ab.

»Und, Junge, was erwartest du jetzt von mir? Dass ich in irgendein Loch steige, um nach zwei Bälgern zu suchen? Passiert andauernd, Kleiner. Kinder passen nicht auf, wo sie langlaufen, weil sie ständig den Kopf in den Wolken haben, und dann stolpern sie und fallen. Bums! Klatsch!« Mr. Dan knallte mit der flachen Hand fest auf seinen Schreibtisch.

Da war erst mal Stille, und dann sah ich ihn an und sagte: »Hätte gar keinen Wert, nach ihnen zu suchen, Mr. Dan. Das erwarte ich gar nicht von Ihnen. Die Sache ist nämlich die, dass diese zwei Freunde von meiner Schwester irgendwie *Phantasie* sind. Sie existieren gar nicht. Sie sind unsichtbar. Und außerdem hab ich sie schon gefunden oder zumindest ihre Leichen. Sie sind tot.«

Mr. Dan verschluckte sich fast an seiner Pfeife. Er seufzte und sagte: »Hör zu, Junge. Ashley, oder wie immer du heißt, ich bin ein viel beschäftigter Mann. Jetzt zisch ab.«

»Mir ist aufgefallen, dass auf dem Friedhof neben Bob dem Schweden noch ein Platz frei ist«, sagte ich, ohne mich abwimmeln zu lassen.

Mr. Dan sah mich scharf an: »Du hast dich auf meinem Friedhof rumgetrieben, Junge?«

Ich sah nicht ein, wie er behaupten konnte, das wär *sein* Friedhof. Er gehörte den Toten. Es war *ihr* Claim. Falls nicht, krallten sie es ihm direkt unter der Nase weg.

»Ich will diesen Platz für ein Grab für Pobby und Dingan kaufen«, sagte ich zu Mr. Dan. »Ich glaube nämlich nicht, dass meine Schwester wieder gesund wird, solange sie nicht gesehen hat, dass sie ein für alle Mal unter der Erde sind.«

»Man kann keine Phantasieleichen begraben«, sagte Mr. Dan. »Es gibt da nichts zu begraben.«

»Glauben Sie, was Sie wollen, Mr. Dan«, antwortete ich. »Verkaufen Sie mir einfach das Claim. Treten Sie mir einen Platz auf dem Friedhof ab.«

»Und was kriege ich dafür?«

»Opal.« Ich zog meinen rechten Schuh aus und fischte Dingans Bauchnabelstein raus. Ich hatte den ganzen Lehm entfernt und den Stein mit einem Tuch poliert, sodass er phantastischer denn je aussah. Wunderschön und funkelnd. Meine Finger konnten sich gar nicht von ihm trennen. Mr. Dan Dunkley nahm ihn in seine große Hand und hielt ihn unter seine Lampe. Ich war ganz zappelig und ließ den Stein nicht einen Moment aus den Augen.

»Also, da soll mich doch –«, sagte er. »Wo hast du denn den her, Junge? Geklaut? Ich hoffe doch stark, du hast ihn nicht geklaut. Wo hast du den her?« Ich hatte noch nie jemand seine Opalbrille so schnell aufsetzen sehen.

»Den hab ich beim Klamüsern gefunden.«

»Beim Klamüsern?«

»Genau. Beim Klamüsern auf einer Abraumhalde auf dem Claim von meinem Dad.«

»Das sieht mir nicht nach einem Opal aus, den ein Junge beim Klamüsern auf der Abraumhalde seines Dads findet. Ich wette, du hast ihn von Old Sid geklaut, du kleine Claim-Ratte.«

Langsam wurde ich wirklich sauer. Ich schätze, es ging mir allmählich wie Kellyanne und Dad. Es war nicht besonders toll, mit Leuten zu tun zu haben, die einem kein Wort von dem glaubten, was man die ganze Zeit sagte.

»Das habe ich nicht!«, sagte ich.

»Das ist ein wertvoller Stein. Der ist einen Haufen Geld wert, Junge«, sagte Mr. Dan.

»Ist der so viel wert wie ein Grab und zwei Särge?«, fragte ich ihn.

Mr. Dan stellte seine Augen schärfer und guckte mich von oben bis unten an. Er beugte sich über seinen Schreibtisch vor.

»Ziemlich genau«, flüsterte er. »Weiß dein Vater von dem Stein, Kleiner?«

»Nö. Soll er auch nicht. Denn wenn er davon wüsste, Mr. Dan, dann würde er durchdrehen vor Aufregung, und dann würde er mir verbieten, damit ein Grab für Pobby und Dingan zu kaufen, und dann würde Kellyanne nicht wieder gesund werden.«

»Weiß sonst jemand davon?«

»Niemand außer Kellyanne.«

Dan Dunkley hielt den Stein wieder unter die Lampe und drehte ihn, sodass der rote Blitz mitten hindurchzuckte. Ich konnte die Farben wunderschön vorleuchten sehen, und ich wusste, dass ich gewonnen hatte.

»Okay, mein Sohn. Abgemacht«, sagte Mr. Dan. »Für den Stein kannst du das Grab haben.«

»Klasse!«, sagte ich. »Und ich möchte auch, dass Sie das ganze Begräbnis für Pobby und Dingan ausrichten, Mr. Dan«, sagte ich. »Und machen Sie es so, dass es echt aussieht. Meine Schwester wird nicht wieder gesund, wenn's nicht echt aussieht. Sie sollten es wie ein Begräbnis für zwei normale Kinder aufziehen und Särge für sie bauen und alles, und was aus der Bibel vorlesen. Nächsten Sonntag um elf.«

»Ich werde mit dem Pfarrer reden«, sagte Mr. Dan, ohne die Augen von Dingans Bauchnabel abzuwenden. »Und du solltest auch lieber mit ihm reden. Der denkt bestimmt, ich bin meschugge oder so was.«

DREIZEHN

Als ich aus Dan Dunkleys Haus rauskam, hatte ich ganz weiche Knie. Ich war froh, dass ich für Pobby und Dingan einen Platz auf dem Friedhof organisiert hatte, aber ich hatte so ein hohles, schmerzendes Gefühl hinter den Rippen, das einfach nicht verschwinden wollte. Ich konnte es noch nicht richtig fassen, dass ein Opal so schnell durch meine Hände gegangen war. Ein Opal, den ich ganz allein auf dem Williamson-Claim »Wyoming« gefunden hatte. Es kam mir alles fast so vor wie in einem Traum. Alles ging rasend schnell.

Der Pfarrer war ein mickriges Männchen, das auf dem Stumpf eines Sandelbaums hinter seinem weißen Minikirchlein saß und Bier aus einer grünen Flasche trank. Ich erklärte ihm, was Sache war.

Nach einer langen Pause sah er mich an und sagte: »Okay, ich mach's, Ashmol. Jetzt solltest du mir aber lieber noch ein paar Dinge über diese kleinen Phantasiefreunde sagen, damit ich mir eine Rede ausdenken kann.«

Ich dachte angestrengt und lange nach. Schließlich sagte ich: »Na ja, Herr Pfarrer, sie waren leise, und sie liefen immer zusammen herum. Und sie aßen gern Lollis und Violet Crumble und Cherry Ripe.«

Der Pfarrer schrieb sich das alles auf seinem Notizblock auf. Er wiederholte die Worte »Violet Crumble« und »Cherry Ripe«.

»Und sie gingen immer zusammen mit Kellyanne ins Bore Baths baden.«

Und dann spulte ich eine ganze Liste von den Einzelheiten runter, die ich mit der Zeit über Pobby und Dingan so erfahren hatte:

Pobby war ein Junge und um ein Jahr älter als Dingan.

Dingan war die Hübsche von beiden. Richtig hübsch. Und schlau wie ein Fuchs.

Sie hinterließen keine Fußabdrücke, weil sie auf dieselbe Stelle traten wie Kellyanne.
Und Pobby und Dingan hatten keine Angst vor den großen Kindern in Lightning Ridge.
Und Dingan guckte einem beim Lesen über die Schulter und las mit.
Und Dingan konnte echt schnell laufen und Rigaragaroo spielen.
Und sie mochten niemanden so gern wie Kellyanne.
Und Pobby hinkte irgendwie, und wenn Kellyanne bei irgendwas zu spät kam, sagte sie immer, Pobby hätte sie aufgehalten und sie hätte sich verspätet, weil sie auf ihn hatte warten müssen.
Und Pobby konnte durch Wände gehen.

Der Pfarrer machte sich noch ein paar Notizen, und ich sah, dass ihm das Papier langsam ausging.

Und Dingan hatte einen Opal im Bauchnabel.
Und Kellyanne saß auf dem Bus nach Walgett immer zwischen Pobby und Dingan.

Und Dingan war eine Pazifistin, denn jedes Mal, wenn ich auf sie drauftrampelte oder in ihre Luft reinboxte und sagte: »Wenn Dingan echt ist, warum haut sie dann nicht zurück?«, sagte Kellyanne immer: »Weil Dingan eine Pazifistin ist, Blödmann.«

Und sie waren großzügig, denn Kellyanne bedankte sich ständig bei ihnen, dass sie so nett zu ihr wären.

Und sie redeten Englisch oder pfiffen, um sich verständlich zu machen.

Und man musste eine bestimmte Sorte Mensch sein, um sie hören zu können.

Der Prediger hatte aufgehört zu schreiben und starrte ins Leere. »Danke, Ashmol«, sagte er. »Das sind eine Menge Informationen. Jetzt geh dich um deine Schwester kümmern, und wir sehen uns am Sonntag.«

»Werden Pobby und Dingan in den Himmel oder in die Hölle kommen, Herr Pfarrer?«, fragte ich, bevor ich ging. Das war so was wie ein Test, um zu sehen, ob er Kellyannes Freunde ernst nahm.

Der Prediger dachte darüber lange angestrengt nach und meinte dann: »Was glaubst *du*?«

»In den Himmel«, sagte ich bestimmt, »solange es da Violet Crumble gibt.«

»Ich glaube, du hast Recht«, sagte der Pfarrer und nahm noch einen Schluck aus seiner grünen Flasche. Während ich auf meinem Chopper davonfuhr, rief er: »Ich werde für deinen Vater beten, Ashmol Williamson!«

»Tun Sie, was Sie nicht lassen können, Herr Pfarrer!«, rief ich zurück. »Machen Sie bloß Ihren Job!«

Ich sauste die Straße entlang und dachte über den Himmel nach. Er sah aus wie der Ballsaal einer Opalmine. Voller Leute mit Lampen auf dem Kopf. Und alle sangen Elvis-Presley-Songs und bohrten und schwangen Spitzhacken.

VIERZEHN

Bevor ich wieder nach Hause fuhr, machte ich Zwischenstation in »Humph's Moozeum«, was eine Bude voll mit total verrücktem Plunder ist. Das Moozeum ist gleich um die Ecke von der halb fertigen Burg, die der Domingo, von dem ich vorhin schon erzählt habe, ganz allein da mitten im Niemandsland am Bauen war. Das gibt einem eine Vorstellung von Lightning Ridge. Dauernd schnappen die Leute wegen der Hitze ein bisschen über und fangen an, Burgen zu bauen und so einen Blödsinn.

Der Mann, dem das Moozeum gehört, heißt Humph, und er hat sein ganzes Leben damit zugebracht, die unglaublichsten Sachen zu sammeln. Ich schaute ganz gern ab und zu bei ihm vorbei und wenn ich traurig war, war ein Besuch bei Humph genau richtig, um bessere Laune zu kriegen und auf andere Gedanken zu kommen. Da steht zum Beispiel eine ganze Ladung Klohäuschen rum und alte Busse und Autos und Teile von Bergbaumaschinen und Buschkühlschränke und eine riesige Auswahl von allen möglichen Moozeumsstücken: alte Bilder, Knochen, Flaschen, Bücher, Nähmaschinen. Da hängt ein Auto in einem Baum, und Humph hat sogar die Zehen von einem von seinen Digger-Freunden in einem Glas eingemacht. Das Bein von irgendeinem anderen lässt er sich auch gerade einmachen. Er hat einen Klumpen von versteinertem Fruchtgelee aus Gelibolu und eine Flasche Wodka, von der er sagt, die hätte er von einer Band, die »Rolling Stones« heißen soll. Humph ist echt ein cleverer alter Spinner. Man weiß nie, ob das stimmt, was der einem erzählt.

Eine der Abteilungen vom Moozeum ist unter der Erde, und da fand ich den alten Humph auch, an der kleinen Bar, die er in einer Ecke eingerichtet hat. Er hatte einen großen Schlapphut auf. »Ah,

Ashmol«, sagte er. »Was Neues in Sachen Pobby und Dingan? Ist wohl ein bisschen wie nach einer Nadel im Heuhaufen suchen, wie?«

»Ja, aber ich habe sie gefunden«, verkündete ich stolz. »Sie waren beide tot.«

Der alte Humph wusste nicht, ob er »Gut!« oder »Jammerschade« sagen sollte, und so grunzte er bloß und hielt dann etwas hoch, was er mir zeigen wollte. Ich sah es mir an. Ich war ganz schön platt. Das war eine gerahmte Einladung zum Begräbnis der Prinzessin Diana. Und der Text war in total verschnörkelter Silberschrift geschrieben, und da war ein königlicher Stempel drauf und alles. »Die haben Sie zum Begräbnis der Prinzessin Diana eingeladen?«, fragte ich mit aufgerissenen Augen.

»Den Teufel haben die!«, sagte Humph und lachte sich scheckig. »Das Schätzchen hab ich aus einer Zeitschrift ausgeschnitten und auf ein Stück Pappe geklebt! Aber erzähl's bloß nicht rum. Die Touristen sind ganz wild darauf.« Das war typisch Humph. Er war ein listiger alter Fuchs, der sich nicht groß darum scherte, ob etwas stimmte, solange es nur eine gute Story abgab, und meistens verriet er den Leuten sogar selber seine Tricks, damit sie sehen konnten, wie clever er gewesen war.

»Könnten Sie mir ein paar Einladungen zu Pobby und Dingans Begräbnis machen?«, fragte ich.

»Ihr veranstaltet ein Begräbnis?«

Ich nickte. »Ich denk mir, Kellyanne wird nicht wieder gesund, bevor wir nicht die Leichen begraben und ihnen ein bisschen die letzte Ehre erwiesen haben.«

Humph nickte feierlich. »Ich hätte nichts dagegen gehabt, ihre Leichen in meinem Moozeum auszustellen«, sagte er. »Ich habe noch überhaupt keine toten Phantasiefreunde in meinem Moozeum. So ziemlich das Einzige, was ich nicht habe.«

»Vielleicht erlaubt Ihnen Kellyanne, Pobbys Finger einzumachen und in ein Glas zu tun«, tröstete ich ihn.

»Vielleicht«, sagte Humph und trank einen Schluck Johnny Walker. »Also, wie viele Einladungen willst du?«

»Ich will jeden in Lightning Ridge einladen.«

Humph nickte feierlich und kratzte sich oben auf seinem Schlapphut. »Das macht also nach meinen Berechnungen achttausenddreiundfünfzig«, sagte ich.

FÜNFZEHN

Dann kam der Tag von Dads Verhandlung. Ich durfte nicht in den Gerichtssaal rein, und so kann ich nicht genau sagen, was passierte. Ich kann's mir nur vorstellen. Aber im Wesentlichen lief es darauf raus, dass Richter McNulty, nachdem er jemand wegen Einbruch fertig verurteilt hatte und John The Gun und ein paar anderen Typen eine Geldstrafe aufgebrummt hatte, weil sie zu viele Kängurus geschossen hatten, dass Richter McNulty dann Dad sagte, er solle aufstehen und den Geschworenen erklären, was er an dem Abend draußen auf Old Sids Claim zu suchen gehabt hatte.

Na, und diesmal erfand mein Dad keine Story von einer entlaufenen Katze und behauptete auch nicht, er hätte bloß nach seinen Kontaktlinsen gesucht. Nein, Sir! Er stellte sich gerade hin und erzählte denen, dass er auf der Suche nach Pobby und Dingan gewesen war, den Phantasiefreunden von seiner Tochter Kellyanne Williamson, und dass er nur mal hatte nachsehen wollen, ob sie nicht vielleicht rüber auf Old Sids Claim gelaufen wären. Und Ma sagte, da hätte Richter McNulty ganz durcheinander geguckt, wie ein Puzzle vor dem Zusammensetzen, und er hätte Dad aufgefordert, das Aussehen der beiden zu beschreiben. Ich zuckte ein bisschen zusammen, als ich mir meinen Dad vorstellte, wie er rumstotterte und sich verhedderte, während er versuchte, damit zu Rande zu kommen. Aber mein Dad muss das doch ganz gut hingekriegt haben, denn Richter McNulty ging sofort zum nächsten Punkt über und fragte, ob Dad irgendwelche Drogen nahm und ob Dad meinte, die Phantasiefreunde würden wirklich existieren. Und anscheinend guckte Dad den alten McNulty und die Geschworenen mit seinen Opalaugen fest an und sagte, anfangs hätte er gemeint, dass sie nicht existierten, und dann hätte er so seine Zweifel gehabt, und jetzt wäre er absolut sicher, dass sie doch existierten, denn schließlich würde er ja nur wegen denen als angebliche Claim-Ratte vor Gericht stehen, und er wäre deswegen auch etwas sauer auf die beiden.

Richter McNulty rieb sich das Kinn und kratzte sich ganz schön am Kopf. Und dann stand Old Sid, dieser schnauzbärtige Dreckskerl – wie Ma ihn nannte – mit einem Verband auf der Nase auf und sagte aus und nannte meinen Vater einen »Geistesgestörten« und einen Haufen anderer Sachen, einschließlich ein »mieses Stück Kängurudreck«. Und ein paar von Old Sids Digger-Kumpeln bestätigten das und erzählten lang und breit, mein Dad würde unheimlich viel trinken und sich immer so für andrer Leute Opal interessieren, und wo sie die gefunden hätten. Und wenn man sie fragte, dann wäre das der Beweis, dass er eine Claim-Ratte war. Und dann erzählte der Polizist, wie er gesehen hätte, wie Dad Old Sid eine voll reingesemmelt hatte, nur dass der Polizist das anders ausdrückte.

Na ja, laut Ma wurde der Richter langsam

ziemlich hibbelig und flüsterte mit allen möglichen Leuten rum. Und dann sah McNulty die Geschworenen an und erklärte denen, die ganze Sache mit Mr. Rex Williamsons Schuld würde davon abhängen, ob es als Verbrechen betrachtet werden sollte, jemand auf die Nase zu hauen, der einen grad eine Claim-Ratte genannt hatte, und außerdem ob die Geschworenen glaubten, dass er an dem Abend wirklich nach den Phantasiefreunden seiner Tochter gesucht hätte. Und er sagte den Geschworenen, das bedeutete, dass sie sich selber überlegen müssten, für wie echt sie Pobby und Dingan hielten.

Und Ma sagte, dass man richtig sehen konnte, wie die Geschworenen darüber nachdachten und andauernd die Namen Pobby und Dingan flüsterten, und sie meinte, die meisten von ihnen hätten sich bestimmt überlegt: »Wenn doch die halbe Stadt losgezogen ist, um Pobby und Dingan zu suchen, warum sollte es dann nicht möglich sein, dass der Vater von Kellyanne auch auf der Suche nach ihnen war?« Und dann erfuhren die Geschworenen von meinem Dad, dass am nächsten

Tag das Begräbnis von Pobby und Dingan stattfinden würde, nämlich von seinem Sohn Ashmol Williamson organisiert, und wenn der Richter wollte, könnten er und die Geschworenen auch kommen und selber sehen, was für wirkliche Leute die beiden gewesen waren. Und dann beschwerten sich Old Sid und sein Anwalt, das mit dem Begräbnis hätte man nur aufgezogen, um von Rex Williamsons Straftat abzulenken, und Pobby und Dingan hätte sich der Angeklagte an dem Abend auch nur fix ausgedacht, als eine Art Alibi.

Ma erzählte mir, dass Richter McNulty sich dann ganz schön lang das Hirn zermartert und zwischendurch ein bisschen blass ausgesehen hatte, aber am Schluss hätte er beschlossen, die Verhandlung zu vertagen, bis es möglich wäre, Kellyanne zu befragen. Aber das kam erst, nachdem er Sid nach seiner eigenen Familie gefragt hatte. Und Sid sagte, er hätte gar keine, und seine Frau wäre vor zwanzig Jahren gestorben. Und der Richter fragte ihn, ob er nicht gelegentlich mit ihr redete, obwohl sie schon tot wär. Und Sid sagte, Ja, manchmal, wenn er am Schlämmdamm wäre, weil seine Frau ihm früher immer beim Auswaschen der Opalerde geholfen hätte, weil sie bessere Augen als er gehabt hätte. Aber ich glaube nicht, dass Sid kapierte, was da lief, dass Richter McNulty, der alte Fuchs, ihn nämlich dazu gebracht hatte zuzugeben, dass jeder irgendeine Art von Phantasiefreund hat, auch wenn man das nicht meinen würde, und außerdem, dass der alte Sid eher zu den kurzsichtigen Zeitgenossen gehörte.

Dann erklärte McNulty, das Gericht würde sich vertagen und erst wieder zusammenkommen, wenn Kellyanne wieder gesund wäre. Und nach der Verhandlung standen nur zwanzig oder dreißig Leute draußen vor dem Gerichtssaal rum, um meinen Dad mit Kohlköpfen und Zeugs zu beschmeißen und »Claim-Ratte! Claim-Ratte! Claim-Ratte! Claim-Ratte!« zu zischen. Und ein Einziger hatte ein Schild dabei, wo in blutroter Farbe drauf stand: POBBY UND DINGAN WAREN CLAIM-RATTEN.

SECHZEHN

Also um ehrlich zu sein, möbelte mich diese Prozessgeschichte ganz schön auf, und am nächsten Tag machten ich und Ma uns mit lächelnden Gesichtern für Pobbys und Dingans Begräbnis fertig, während Dad losfuhr, um Kellyanne vom Krankenhaus abzuholen.

Ma hatte mir eine neue schwarze Hose und ein schwarzes Sweatshirt gekauft, und so liefen wir ganz gemütlich zum Friedhof und schmückten den Zaun mit Blumen und machten das Tor auf. Und der Pfarrer kam und besprach mit uns alles, also, wie die Sache ablaufen sollte. Und gegen zehn fuhr Mr. Dan vor und schlurfte ein bisschen verlegen in seinem Anzug und Schlips um uns herum. Und dann kamen die Särge von Pobby und

Dingan an, und ich half, sie zum Grab zu tragen. Und der alte Humph kam mit seinem Hut vorbei, um mir zu sagen, dass er eine Gedenktafel für Pobby und Dingan in seinem Moozeum aufhängen wollte. Na, da freute ich mich darauf, das Kellyanne zu erzählen, sobald sie mit Dad aus dem Krankenhaus gekommen wäre. Das würde sie ganz gewaltig zum Lächeln bringen, das war mal sicher. Und ihr würde nie wieder schlecht werden.

Und dann brauchten wir nur noch drauf zu warten, dass die Leute eintrudelten. Mir war aber schon etwas mulmig im Bauch. Ich hatte nämlich ganz Lightning Ridge abgeklappert und Humphs Einladungen in sämtliche Briefkästen gesteckt. Und ich war ganz schön gespannt zu sehen, wie viele kommen würden und wie viele die Einladungen zerrissen hatten und uns Williamsons weiter einen Haufen bescheuerter Irrer nannten. Und ich war auch nervös wegen dem, was wir über Kellyanne gehört hatten, und dass es ihr von Tag zu Tag schlechter ging, obwohl sie es im Krankenhaus irgendwie geschafft hatten, ihr etwas Essen reinzupumpen. Es sah also ganz danach aus, als ob's jetzt wirklich um die Wurst ging.

Ich bekam gewaltige Angst, dass niemand kommen würde und ich mir am Ende vielleicht eine ganze Phantasietrauergemeinde würde ausdenken müssen, dass ich richtig ungeduldig wurde, und eine Stunde, bevor das Begräbnis losgehen sollte, stieg ich wieder auf mein Rad und kurvte ein bisschen durch Lightning Ridge, um zu sehen, ob die Leute sich am Fertig machen waren. Die Stadt war wie ausgestorben. Ich setzte mich auf die Stufe vor dem »Digger's Rest« und blieb da eine halbe Stunde lang sitzen und bibberte und überlegte mir die ganze Zeit, ob ich eigentlich pinkeln gehen musste oder nicht.

Endlich kamen ein paar Leute hustend aus den Häusern und Läden raus oder zogen die Vorhänge an den Fenstern auf oder öffneten die Türen. Und dann plötzlich, als die Sonne am Himmel so langsam heißer wurde, erschienen nach und nach alte Leute, junge Leute, Männer und Frauen und Hunde auf der Straße und schlugen die Richtung zum Friedhof ein. Ein paar von ihnen sahen mich und winkten. Ich sprang auf meinen Chopper und flitzte hintenrum los und stellte mich in die Pedale, um einen guten Ausblick auf die Menschenmenge zu haben, die schweigend zwischen den Eukalyptusbäumen und den Häusern langging. Und mir fiel auf, dass sich alle irgendwie Mühe gegeben und ihre Digger-Kluft gegen ihre besten Unterhemden und Shorts eingetauscht hatten.

Ich war vor den Leuten wieder am Friedhof, und ich sah sie wie eine einzige riesige Woge am kleinen, halb kahlen Golfplatz die Straße lang näher kommen. Ich stellte mich auf den Grabstein von Bob dem Schweden und sah, dass es weit mehr waren, als ich erwartet hatte. Tausende von Leuten, die alle auf uns zukamen. Sogar mehr, als man beim Ziegenrennen sah, mehr, als ich in meinem ganzen Leben je gesehen hatte, außer beim Fußball im Fernsehen. Und einen Augenblick lang hatte ich Angst, dass irgendwo was anderes los sein könnte, wo sie vielleicht alle hingingen, und dass sie einfach am Friedhofstor vorbeilaufen würden oder sonst was und aus der Stadt rausmarschieren.

Aber ich hätte mir keine Sorgen zu machen brauchen, denn schon bald war der kleine Friedhof gerammelt voll von Leuten, und alle drängten sich um das Grab und die Särge, in denen Pobby und Dingan drin lagen. Und einige setzten sich ins verdorrte Gras, und einige schlenderten rum und guckten sich ein paar andere Gräber an. Und keiner sagte was, außer ein paar Worte untereinander. Aber die meisten nickten mir bloß zu und starrten hinaus über das Land oder fächelten sich Luft zu. Und Ma und ich hatten vorher Limonade und Kekse gemacht, und so reichten wir ein paar Becher herum und fingen an einzuschenken, damit die Leute was zu schlucken hätten. Aber auch wenn ich erleichtert war, diese ganzen Leute zum Begräbnis von Pobby und Dingan eintrudeln zu sehen, waren die Hauptpersonen noch nicht da. Und zwar Kellyanne und Dad.

Kellyanne und Dad. Dad und Kellyanne. Sie waren immer noch nicht vom Krankenhaus zurück. Die Begräbnisfeier hätte schon längst anfangen sollen, und die Leute begannen langsam zu tuscheln und so Sachen. Und ich schätze, ein paar von denen zweifelten auch allmählich daran, dass es überhaupt ein Begräbnis geben würde. Und vielleicht fingen ein paar Leute auch schon an, sich gegenseitig anzugucken, und mich und meine Ma, und sich zu fragen, was zum Teufel sie eigentlich auf dem Begräbnis von zwei Hirngespinsten eines Mädchens zu suchen hatten, besonders wo das kleine Mädchen selber nicht mal da war. Und ich weiß noch, wie ich Richter McNulty unter den ganzen Leuten sah. Er guckte finster und schaute auf seine Uhr. Aber wenigstens der Pfarrer machte seine Sache gut. Er war ziemlich nüchtern, und er lief immer noch überall herum und hieß die Leute willkommen und sagte hallo und verteilte Blätter, wo irgendwelche Lieder draufgedruckt standen. Ich schätze, er war nicht scharf drauf, sich diese ganzen Leute entwischen zu lassen. Weil wenn sie blieben, dann wäre das die größte Gemeinde, vor der er in seinem ganzen Leben je gepredigt hätte. Zwischendurch sah er einmal auf und hielt den Daumen hoch, wie um mir zu sagen: »Keine Angst, Kumpel. Kellyanne kommt bald.«

Und plötzlich kam sie auch. Ich erkannte das Motorengeräusch des Kombis, als er durchs Tor fuhr, und am Lenkrad saß Dad. Und alle drehten sich um und guckten hin, wie er rauskletterte und nach hinten ging und einen zusammengeklappten Rollstuhl rausholte und ihn auf dem Rasen zusammenbaute. Ich lief zu ihm rüber. Durch das hintere Fenster konnte ich Kellyannes blasses Gesicht sehen. Ich rannte zur Hecktür und machte sie auf, und Kellyanne drehte sich um und verzog leicht den Mund – weil sie keine Kraft zu einem richtigen Lächeln hatte. So jemand Dünnes wie sie hatte ich überhaupt noch nie gesehen, und Ma kam und half mir, sie in den Rollstuhl zu heben, den Dad zusammengebaut hatte. Und Ma hatte Tränen in den Augen, und dabei hatte das Begräbnis noch gar nicht angefangen. Na ja, und dann hat Ma Dad fest umarmt und ihm einen Kuss direkt auf die Lippen gegeben, und ich hab Kellyanne mit dem Finger im Hals das Kotzzeichen gemacht, und dann schob ich Kellyanne den Abhang hinauf durch die Menschenmenge und direkt zum Grab von Pobby und Dingan. Und ich glaube, die meisten Leute waren ziemlich geschockt, als sie sahen, wie krank meine Schwester war. Und ein paar von ihnen sagten ihr auf dem Weg nach oben nette Dinge wie »gut so, Mädchen« und »tapfere Kleine«. Und die Ma von jemand anderem legte ihr Blumen auf den Schoß. Und dann, als sie oben ankam, fingen alle plötzlich an zu klatschen, und alle jubelten, und die Leute klopften meinem Dad auf den Rücken. Es dauerte eine ganze Weile, bis alle sich beruhigt hatten und dem Pfarrer zuhörten, der jetzt ganz vorne stand und so aussah, als wollte er loslegen.

Er brüllte: »Tag allerseits! Und willkommen zum Begräbnis von Pobby und Dingan, Freunde von Kellyanne Williamson und Angehörigen der guten ehrlichen Williamson-Familie!« Na, und an der Stelle ließ Humph ein Bombenhurra vom Stapel, aber er war der Einzige, und ich glaube, er kam sich anschließend ein bisschen bescheuert vor, dass er das gemacht hatte. Aber mein Dad lächelte ein bisschen in sich hinein. Und dann sagte uns der Pfarrer, dass wir jetzt von unseren Liederzetteln singen würden, und alle raschelten mit ihren Blättern.

Na ja, die Songs hatte Kellyanne ausgesucht, und als Erstes sangen wir die australische Nationalhymne. *Australians let us all rejoice for we are young and free* und so weiter, und dann spielte Fingers Bill einen Cat-Stevens-Song auf seiner Gitarre, und wer den Text nicht wusste, summte einfach mit, und der Text ging: *Oooh baby it's a wide world* oder so ähnlich. Und Kellyanne hatte es ausgesucht, weil es Pobby und Dingans Lieblingssong war. Und es war ganz schön irre, diese ganzen Leute alle zusammen singen zu hören. Und ich würde nicht sagen, dass es wahnsinnig melodisch war oder so. Aber es war höllisch laut, und ich schätze, die Emus draußen auf der Straße nach Moree hatten überhaupt keine Schwierigkeiten, es zu hören.

Na ja, und dann hustete der Pfarrer und holte ein Stück Papier raus und sagte: »Jetzt möchte ich ein paar Worte über die Verstorbenen sagen.« Und so ging seine Rede:

Leute von Lightning Ridge, Tag. Wir haben uns heute hier versammelt, um das Leben von Pobby und Dingan zu feiern, zweier enger Freunde von Kellyanne Williamson. Sie haben viel Freude in unsere Herzen gebracht, und was für ein trauriger Verlust ist es doch, ihnen unser letztes Lebewohl sagen zu müssen – ihnen, die viele von uns nie gesehen, sondern nur gespürt haben. Mit Freude entsinnen wir uns an Dingans ruhiges pazifistisches Wesen, ihren Opal-Bauchnabel und ihr hübsches Gesicht, und viele von uns werden sich an Pobbys Hinken und an sein großzügiges Herz erinnern, und so lasst uns alle danken für das Leben, das sie – egal was manche sagen mögen – ganz gewiss und wahrhaftig gelebt haben.

Na ja, die Leute waren schon am Schniefen und Taschentücher Rausholen. Und sogar ein paar von diesen echten legendären knallharten Diggern heulten hinter vorgehaltener Hand und holten irgendwelche lehmverkrusteten Fetzen raus, um sich die Nase zu putzen. Der Pfarrer hob die Hand und streckte sie nach der Menge aus. Er drehte die Lautstärke seiner Stimme weiter auf:

Und es sind etliche unter euch, die da nicht geglaubt haben! Ihr habt nicht an das Unsichtbare geglaubt, weil es nicht hervorleuchtet aus der Erde und sich für Tausende von Dollars verkaufen lässt! Und viele von euch, die ihr hier seid, haben nicht an Pobby und Dingan geglaubt. Gott aber glaubt an sie. Und er glaubt an euch. Jawohl. Er glaubt an jeden von uns hier. O ja, in der Tat. Und dabei sind wir unsichtbar. Wir sind unsichtbar und durchsichtig und seicht, und dennoch glaubt Gott an uns. Und Gott glaubt an Pobby und Dingan, und er ist in jedem einzelnen Lolli, den sie je gelutscht haben, und er war mit ihnen im Schulbus, und wenn sie Rigaragaroo spielten, und wenn sie im Blitzgewitter tanzten, und das sage ich euch: Selbst als sie auf so tragische Weise auf dem Wyoming-Claim verunglückten, wo Kellyanne und ihr Bruder Ashmol und deren ehrlicher Dad Rex Williamson sie suchen gingen – selbst da war er bei ihnen. Gott war bei Pobby und Dingan und ist es noch immer im Himmelreich. Amen.

Na ja, Gott sei Dank kam der Pfarrer danach ziemlich bald zum Ende! Er sagte nur noch ein paar Dinge über Kellyanne und was für ein tapferes Mädchen sie wäre, und er sagte, ich wäre ein mutiges Kerlchen, dass ich für Pobby und Dingan eingetreten wäre und dafür gekämpft hätte, dass sie ein anständiges Begräbnis bekamen. Und da gab's wieder Applaus, und mein Dad klopfte mir so fest auf den Rücken, dass mir beinah die Zähne vorne rausgeflogen wären. Und dann setzte der Prediger ein ernsteres Gesicht auf und brüllte was von wegen, wenn jemand einen Grund wüsste, warum Pobby und Dingan nicht auf dem Friedhof begraben werden dürften, dann sollte er jetzt vortreten und es sagen. Und dann gab es eine lange Stille, und ich hielt den Atem an. Und während der Stille guckte ich mich dauernd um und versuchte die ganzen Leute mit den Augen zu fixieren, damit sie sich nicht von der Stelle rührten. Aber dann trat ein Typ mit Namen Andy Floom vor, und alle drehten sich um und sahen ihn an. Und der Pfarrer sagte: »Nun, Andy Floom, so sprich!« Aber Andy Floom, der eher von der unterbelichteten

Sorte war, guckte ganz durcheinander und sagte: »Was? Ach, tut mir Leid, Leute, ich bin bloß, nämlich, irgendwie, vorgetreten, um 'ne Spinne platt zu machen.« Und da fingen die Leute überall an zu lachen. Und der Pfarrer sagte okay, jetzt würde er mit dem Begräbnis fortfahren.

Also bückten ich und Dad und Ma und ein paar andere uns und ließen die Särge ins Grab runter, und Kellyanne sah uns stumm und mit total aufgerissenen Augen zu. Und erst, wie wir die Särge nebeneinander im dunklen Loch abgesetzt hatten, sagte der Pfarrer das mit der »Asche zu Asche und Staub zu Staub«, und da fingen die Tränen an, an ihrem Gesicht runterzuglitzern. Und dann schob ich Kellyanne in ihrem Rollstuhl vor, und sie legte einen ganzen Packen Cherry Ripe und Violet Crumble und ein paar Bücher und Sachen ins Grab. Und Ma legte Blumen rein, und dann standen wir schweigend da, während zwei Digger etwas Erde reinschaufelten, so wie sie das machten, wenn sie eine Mine dichtmachten, die nicht mehr in Betrieb war. Und als die Särge bedeckt und begraben waren, sprach der Pfarrer mit allen zusammen ein Gebet, und danach gingen alle langsam nach Hause und schnieften dabei in ihre Ärmel. Und ich ging als Letzter raus mit meinem Dad, der seine Hand auf meiner Schulter hatte. Und wie wir rausgehen wollten, hielt uns einer am Tor an. Das war Old Sid, und er hielt die Fäuste hoch und schwankte auf der Straße rum und schrie: »Na komm schon, Rex Williamson! Komm und schlag dich, du Claim-Ratte! So kommst du mir nicht davon! Den ganzen Ort gegen mich aufzuhetzen, du mieses Stück Dreck! Setz du noch einmal einen Fuß auf mein Claim, und ich, ich, ich b-b-ring dich –!« Aber dann kamen ein paar Kids angerannt und fingen an zu schreien: »Echsenfresser! Echsenfresser! Old Sid ist ein Echsenfresser!«, und da machte Sid kehrt, und wir guckten den Kindern zu, wie sie ihn die Straße langhetzten, während er mit besoffenen Armen nach ihnen haute.

Dad und ich holten Ma und Kellyane auf der Straße ein. Na ja, und Ma war auf einmal am Lächeln und sagte, es wär jetzt langsam an der Zeit, dass wir Mannsleute uns wieder ans Graben machten, denn sie hätte so das Gefühl, dass es nicht mehr allzu lange dauern würde, bis wir was finden würden. Und ich und Dad guckten uns an, und wir konnten nicht glauben, dass das aus *ihrem* Mund gekommen war! Und als wir näher kamen, drehte Ma den Rollstuhl herum, damit wir sehen konnten, dass auch Kellyanne lächelte. Und Kellyanne Williamson lächelte von da an bis zum Ende ihres Lebens.

Aber ihr Leben war kurz. Eine Woche später kam die ganze Bevölkerung von Lightning Ridge noch einmal zum Friedhof. Meine Schwester Kellyanne wurde bei ihren Phantasiefreunden begraben, im selben Grab, am selben Ort, wo vor Millionen von Jahren das Meer gewesen war und Tiere lustig durch die Gegend geschwommen waren. Und sie nahm ein paar Riegel Violet Crumble mit für den Fall, dass Pobby und Dingan ihre ausgegangen wären.

Und obwohl am Ende jeder felsenfest daran glaubte, dass Pobby und Dingan wirklich gelebt hatten und wirklich tot waren, konnte niemand in

Lightning Ridge so recht glauben, dass Kellyanne Williamsons Begräbnisfeier wirklich passierte. Und ich, Ashmol Williamson, kann es immer noch nicht glauben. Ich kann's einfach nicht. Ich kann es überhaupt nicht glauben. Selbst jetzt, ein Jahr danach, ist es ein Gefühl, als wäre sie noch immer am Leben. Und ich ertappe mich ständig dabei, wie ich wach liege und mich mit ihr unterhalte. Und ich unterhalte mich mit ihr in der Schule und wenn ich die Opal Street langgehe, und Humph und ich unterhalten uns beide mit ihr, wenn wir zusammen im Moozeum sind, und wenn einer nach Lightning Ridge kommt, kann er noch heute Leute sehen, die plötzlich ihre Arbeit unterbrechen oder mitten auf der Straße stehen bleiben, um mit Kellyanne Williamson zu reden, genauso wie sie noch immer auf der Straße stehen bleiben, um mit Pobby und Dingan zu reden und, in ihren Träumen, mit den Opalen. Und der Rest der Welt hält uns alle für totale Spinner, aber sie können sich von mir aus mit ihrem eigenen Hintern unterhalten, wenn's ihnen Spaß macht. Denn sie sind allesamt Knalltüten, die keinen Schimmer davon haben, wie das ist, an etwas zu glauben, was schwer zu sehen ist, oder nach etwas zu suchen, was total schwer zu finden ist.

Ich danke Helen und Joe Stratford, zwei Stein-Freaks vom Ridge, und den brillanten Freunden, die die Rohfassung gelesen haben: Rich Ager, Lucy Chandler, Helena Echlin, Ben Richardson, David Shelley und Tim Robinson.

Zwei Veröffentlichungen haben mir bei der Arbeit geholfen: *The Australian Geographic* und Rusty Bowens Broschüre *Miner's Tales from The Black Opal Country* (1997).

Die Übersetzer möchten Herrn
Otto Lajendecker, Edelsteinkaufmann
und Opalkenner aus Idar-Oberstein,
für seine großzügige Hilfe herzlich danken.